FLORENCE THINARD

Mesdemoiselles de la Vengeance

ILLUSTRATIONS DE FRANÇOIS PLACE

GALLIMARD JEUNESSE

L'auteur a bénéficié, pour l'écriture de cet ouvrage,
du soutien du Centre National du Livre.

À mon père
qui m'apprend la mer

La grotte

Né sur un tas de filets derrière une cabane de pêcheurs, fourré tout gluant dans une harde et confié à l'attention distraite de la Providence, Amédée Cazeau, dit le Cramé, n'avait reçu de la vie pour assaisonner sa ration de croûtes de pain et de têtes de poissons – outre un coup de brandon qui lui rongea le menton – que gnons, torgnoles, rebuffades et coups de pied au séant.

L'apparition d'Olympe d'Avremont, baronne de Haussy, un sourire tremblant aux lèvres, sourire à lui destiné puisqu'ils étaient seuls dans le couloir de pierre, fut la seule joie pure de son existence. À son dernier instant, quand la corde du bourreau brisa sa nuque crasseuse, le Cramé revit ce sourire et mourut heureux. Mais pour l'heure, il était bien vivant et réussit même à balbutier :

– On poin… pa… on passe point ! M'dame… Damoiselle… heu… Vot' Seigneurie.

– Je vous en prie ! Un instant seulement ! Pendant que le Commodore soupe…, implora la jeune fille en joignant ses mains délicates. J'ai oublié d'écrire une lettre qu'il m'a commandée. Il me faut user de sa plume, sinon…

Le Cramé fourragea sous son bonnet mité, piétina d'embarras. Du pouce il désigna une porte de chêne massive, bardée de ferrures.

– Le Commodore a dit « Personne passe ». Et personne, c'est personne.

Les yeux bleus d'Olympe s'emplirent de larmes. Le Cramé se crut envolé dans un ciel de printemps noyé d'averse.

– De grâce… Il me châtie si cruellement, murmura la jeune fille.

Éclairées par la chandelle frémissante, quelques mèches échappées de sa mantille de dentelle brillèrent comme des copeaux d'or blond. Son visage à l'ovale parfait semblait taillé dans l'albâtre, tel celui de la Vierge qu'on suit en procession au mois d'août. Le Cramé faillit tomber à genoux et se retint de justesse au manche de sa pique. La jeune fille tira de son décolleté un mouchoir de fine batiste, le tordit nerveusement. L'échancrure d'un corsage de soie pervenche se grava à jamais dans la rétine du marin. Un effluve de rose de Damas et de chair tendre envoûta son nez, accoutumé aux relents de fond de cale, aux charognes de rats et à sa propre et pestilentielle odeur. Le cœur du Cramé largua les amarres et sa raison chavira.

– Bon… mais traînez pas, marmonna-t-il en s'effaçant devant elle.

– Dieu vous bénisse !

Le Cramé eut une moue sceptique.

– Si vous êtes prise… le Commodore jettera mes tripes aux mouettes dès le point du jour.

Olympe lutta pour arracher l'énorme loquet de fer à sa gâche creusée dans la roche. Le raclement du métal résonna dans le boyau de pierre. Le pirate et la baronne rentrèrent instinctivement la tête dans les épaules. Elle entrouvrit le battant, se faufila par l'ouverture dans un froufrou d'étoffes et laissa le Cramé les yeux fermés, les narines écarquillées, voguer vent arrière sur un lit de plumes gréé de dentelles.

Le vantail se referma avec un grincement sinistre. La chandelle diffusait une lumière chiche et Olympe n'y voyait pas à trois pas. Elle avança à tâtons, distingua les contours du grand miroir de Venise, la table encombrée de parchemins roulés, d'instruments de navigation, de vaisselle de vermeil, de coffrets à bijoux, tout un fatras d'objets précieux pillés çà et là et que le Commodore tenait à garder à l'œil. Elle heurta du genou un tabouret, étouffa un cri. Son cœur battait aussi fort que la marée montante qui cinglait la plage, quelques mètres au-dessous d'elle. Un courant d'air chargé d'une puissante odeur d'algues fit vaciller la flamme de la bougie. Elle la protégea de sa main.

La grotte faisait partie d'un vaste labyrinthe creusé dans la falaise par la patience de l'eau et la main de l'homme.

Certaines cavités, comme celle où elle se trouvait et que le Commodore nommait pompeusement « mes appartements », formaient des pièces de taille respectable, agrémentées de niches et d'alcôves. D'autres n'étaient que des réduits, utilisés comme dortoirs, réserves à nourriture ou à munitions. L'ensemble était parcouru de couloirs de pierre, sombres, tortueux, bas de plafond. Çà et là, des cheminées naturelles filaient vers l'eau ou remontaient vers la lande qu'elles piégeaient de trous sans fond. Nuit et jour, l'ample respiration de l'océan s'y engouffrait en une bise humide, sifflante ou rugissante, selon le temps. Pour tenter de chasser cette atmosphère de caveau, les parois de la chambre du Commodore étaient couvertes de tapisseries, certaines de haute lisse mais dévorées de sel, d'autres de laine grossière.

Olympe frissonna, indécise. Elle attisa sa haine pour vaincre sa peur et, d'un mouvement élégant, releva ses jupes et jupons. Ses doigts trouvèrent le stylet d'argent caché dans sa jarretière. Cette lame était la seule qu'on laissait à sa portée, pour effiler les plumes d'écritoire. À la flamme de la bougie, elle lui parut si fragile… Saurait-elle transpercer le cuir épais du Commodore ? En aurait-elle la force ? Trouverait-elle son cœur ?

Soudain un cliquetis résonna dans l'obscurité. Le souffle coupé, Olympe éleva son bougeoir d'une main tremblante. Chaque recoin était empli d'une ombre menaçante. Était-ce le ressac ? La course d'un rat ? La hallebarde du Cramé tintant sur la roche ? Elle tendit l'oreille et crut percevoir un froissement, une respiration. Mon Dieu, si elle était surprise ici, avant même d'avoir… Non ! Plutôt mourir en cet instant, d'un trépas digne d'une d'Avremont de Haussy. Son poing se crispa autour du manche d'argent.

– Je… je sais qu'il y a quelqu'un, chuchota-t-elle aussi fort qu'elle l'osait. Montrez-vous !

Rien ne bougea.

Puis, soudain, trois lames jaillirent. Trois lames vers elle pointées, dans un frémissement de tentures. Olympe exhala un soupir et, telle une rose fanée abandonnant ses pétales, en un lent tourbillon tomba évanouie sur le sol rocheux.

Les lames

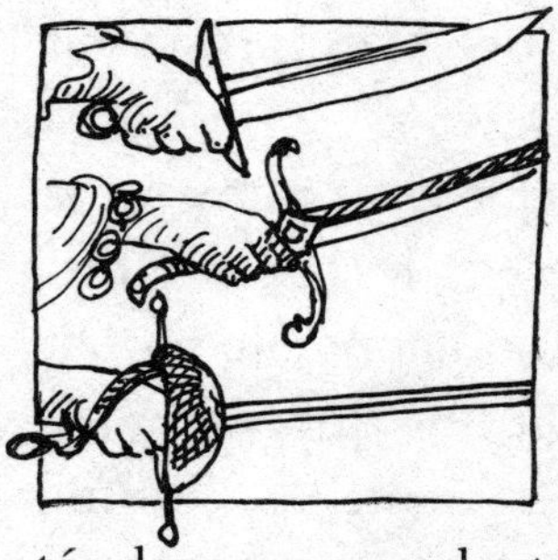

Immobiles, les trois lames semblèrent s'observer longuement, aussi surprises que méfiantes.

À demi cachée par un drap poussiéreux, il y avait une dague de chasseur de sangliers. La large lame à deux tranchants était plantée dans un manche trapu, gainé de cuir, solidement tenu par une main rougeaude aux ongles carrés.

Là, entre les pans déchirés d'une tapisserie de la dame à la licorne, s'insinuait une lame à la courbe cruelle. De longs doigts couleur de miel s'enroulaient autour de sa poignée d'or ciselé.

Plus loin, au flanc d'une portière ornée d'une Diane chasseresse, une main gantée de noir pointait sans frémir une longue rapière d'acier.

La dague à sangliers se risqua la première.

– J'sais point qui vous êtes, vous z'autres, mais la jeune fille qu'a pâmé sous nos yeux, c'est un danger pour personne. C'est au Commodore qu'elle en veut.

Un silence attentif lui répondit.

– Moi aussi, d'ailleurs, ajouta la dague. Et quequ'chose me dit qu'on pourrait avoir ça en commun.

Ni le coutelas courbé ni l'épée d'acier ne bronchèrent. Un soupir exaspéré agita le rideau de drap.

– Bon, moi j'vais pas rester icite toute la nuit, à regarder cette petiote attraper la mort, couchée sur la pierre. Surtout que le Commodore, y va pas dormir sous la table, même rond comme une barrique. J'sors, mais gare à vous z'autres.

Une femme s'avança d'un pas décidé pour ramasser la chandelle d'Olympe, roulée au pied de la muraille. Contrairement à la timide fleur des bois dont elle portait le nom, Sylvine La Violette dégageait une impression de belle puissance, à la fois inépuisable et maîtrisée, comme ces blondes juments comtoises qui déplacent des charrois, labourent des arpents et portent un poulain par an sans jamais perdre une once de grâce ou d'allant. Malgré le froid, Sylvine n'était vêtue que d'une camisole aux manches roulées, d'une jupe de calicot et d'un tablier blanc. Ses cheveux clairs étaient lissés en chignon sous un bonnet de coton. Un trousseau de clefs tinta à sa ceinture lorsque, tenant fermement son coutelas d'une main, elle ramassa sans effort la jeune fille étourdie. Elle la hissa sur un fauteuil, entreprit de délacer son corset pour l'aider à respirer.

– Ce s'rait plus facile à deux mains, grogna-t-elle.

– Pour ma part, commère, tu peux poser ton coupe-chou, fit alors l'épée d'un ton ironique. Je n'ai point coutume de trucider des donzelles.

– Dans ce cas, nous sommes toutes hors de danger, ou presque…, murmura une voix étouffée, où chantait un accent oriental.

D'un mouvement fluide, la lame courbe disparut alors derrière la tapisserie à la licorne. Sylvine hésita, considéra un instant l'épée restée pointée, puis haussa les épaules.

– À Dieu vat !

Elle déposa son arme sur la table, à portée de main toutefois, se pencha sur la jeune évanouie et tapota ses joues de porcelaine d'une paume large comme un battoir à linge.

– Mademoiselle Olympe, éveillez-vous ! C'est moi, Sylvine.

– Si tu l'assommes, elle ne s'éveillera pas de sitôt, moqua la voix à l'épée.

Sylvine l'ignora et s'exclama d'une voix inquiète :

– Elle revient pas ! Christ, faudrait des sels…

– Prends ceci : une onction aux narines, une aux tempes.

Sylvine leva les yeux et se figea. Une silhouette couverte d'un voile semblable à un suaire noir s'était approchée sans bruit et lui tendait une petite fiole. Interdite, Sylvine scruta le visage noyé dans l'ombre. Elle se signa rapidement.

– De quel côté t'es-tu, toi ? Celui de Jésus ? Ou celui de Lucifer ?

Le spectre eut un rire joyeux.

– Ni l'un ni l'autre. Hâte-toi, le temps presse...

Sylvine prit le flacon d'émail, décoré de fleurs éclatantes et d'oiseaux inconnus, tira le minuscule bouchon de liège. Une bouffée de senteurs jaillit dans la pièce. Elle crut y reconnaître la menthe, le camphre, la mélisse, la chaleur du musc et une odeur piquante comme celle de graines noires que le Commodore avait un jour razziées sur un vaisseau hollandais. Sylvine versa quelques gouttes huileuses sur son index et l'approcha des narines d'Olympe, blanches et pincées.

– Si c'était du poison ? demanda soudain l'épée.

Un claquement de langue agacé s'entendit sous le voile noir, tandis que Sylvine, sans s'émouvoir, commençait sa friction.

– C'est pas du poison. J'suis pas apothicaire mais j'm'y connais en simples. Et pis j'écoute pas les conseils donnés une rapière à la main.

– Ventre-saint-gris ! Voilà bien une insolence ! s'indigna l'épée.

– Elle a bougé ! Elle revient !

Sylvine caressa avec une affection maternelle la main d'Olympe qui, le regard flou, reprenait lentement conscience.

– Où suis-je ? Sylvine ? Le Commodore est-il... ? Oh, mon Dieu !

La jeune fille venait d'apercevoir la silhouette noire penchée sur l'épaule de Sylvine. Ses prunelles se révulsèrent de frayeur.

– Ah non, Mademoiselle, repartez pas. On a plus le temps pour tourner de l'œil, s'exclama Sylvine.

Elle saisit la baronne par un coude et la redressa énergiquement contre le dossier du fauteuil.

– C'est un… une amie. Elle m'a donné une médecine pour vous. Tenez, là, respirez-en encore… Voyez comme ça ravigote !

– Quelles senteurs étranges. Qui… qui dois-je remercier ?

– Nagîna, murmura l'ombre noire en s'inclinant légèrement.

– Je vous suis fort reconnaissante, Madame. Toutefois…, pardonnez mon indiscrétion, comment êtes-vous entrée en ce lieu ? Et… ce chevalier, est-il votre ami ?

Sylvine lança la main vers sa dague. Celle de Nagîna fila sous son voile, mais une pointe d'épée flottait déjà entre leurs deux visages. Un coup de poignet bien ajusté et elle percerait un de leurs yeux dans son orbite.

Le propriétaire de l'épée semblait un tout jeune homme, les traits fins sous les boucles brunes rassemblées sur sa nuque, la mâchoire lisse, la voix haut perchée. Un pourpoint de velours prune couvrait sa poitrine, ses jambes nerveuses s'enfonçaient dans des bottes de cuir à revers, une cape sombre lui battait les mollets. Ses yeux verts scintillaient de malice.

– Tututut ! Mesdames… Pas de geste inconsidéré.

– Vous aviez dit…, gronda Sylvine en serrant les poings. On est désarmées, nous z'autres.

– Disons que tu n'as plus de poignard, mais qu'il te

reste au moins deux massues. Quant à celle-ci… J'ai plus confiance dans une vipère que dans une étrangère !

L'épée pivota légèrement vers Nagîna. Lentement la pointe d'acier s'approcha du voile noir, l'écarta du visage resté invisible.

Olympe et Sylvine hoquetèrent de conserve.

– Par la malepeste ! Celle-ci est d'un tempérament dissimulé, siffla le chevalier.

Le nez, la bouche, les joues, le menton de l'inconnue étaient recouverts d'un masque de coton noir, tissé serré. Il n'épargnait que ses yeux, noirs, fendus en amande et étincelants d'un éclat sauvage.

– Touche-moi et je te tuerai, promit Nagîna d'une voix égale.

– Crois-tu que je t'en laisserai le loisir ? demanda le chevalier d'un ton narquois. Allez, montre ton vilain minois.

– Monsieur, vous vous déshonorez, protesta Olympe à mi-voix.

Un fin sourire étira les lèvres bien dessinées du chevalier.

– Oh, voilà notre donzelle réveillée ! Mademoiselle… heu… Hortense, c'est ça ?

– Olympe. Olympe d'Avremont, baronne de Haussy, répliqua la jeune fille avec hauteur.

– Mâtin ! Eh bien, Baronne, sachez que mon honneur ne réside point, comme celui de vos gentilshommes, dans une lignée d'ancêtres, l'étendue d'un fief ou leur servilité devant le roi, mais à la pointe de mon arme.

Avec une révérence de son épée virevoltante, l'escrimeur ajouta :

– La Boissière. Agathe La Boissière, pour vous servir…

– Comment ! Vous êtes une…

Mais un énorme et soudain branle-bas dans le couloir figea net les quatre femmes, changées en statues blêmes.

Le Commodore

– ARRIÈRE, CHIURES DE BOUC ! ARRIÈRE, VOMI DE CRABES ! Vous croyez qu'vot' Comodomorre étale pas un coup de roulis ?

– Commodore, appuyez-vous sur…

– BAS LES PATTES, MOLLARD DE PESTEUX ! J'ai couru les sept mers, moi ! J'tutoyais l'cap d'Espérance que tu te pissais encore au froc ! BRANLEUX !

À quatre pattes, ruant des pieds et moulinant des bras, le Commodore se hissa contre la paroi rocheuse et toisa ses hommes d'un œil rougeoyant. Il avisa le Cramé qui s'était glissé derrière les autres et tremblait dans ses sabots.

– L'CRAMÉ, FESSE DE RAT ! héla-t-il. C'est comme ça qu'tu montes la garde ?

– Ben… sauf vot' respect… ouich, mon Commodore !

– Alors ! A-t-on attenté à mes attarpements, appratements... Tudieu ! À ma chambrée ?

– B-b-ben... n... n... non, mon Commodore !

Écartant un matelot secourable d'un coup vicieux dans les côtes, le Commodore se catapulta avec un aplomb inattendu jusqu'à l'homme de garde. Le Cramé leva les yeux pour affronter le regard soupçonneux de son capitaine. Il reçut en pleine face une haleine chargée de chicots pourris, de viande faisandée, de tafia de contrebande et se crut déjà arrivé en enfer. Le matelot eut une pensée douloureuse pour la ravissante jeune fille qui attendait, sûrement épouvantée, derrière la porte.

– T'AS L'AIR FRANC COMME UN COUP DE GARCETTE, TOI, tonna le Commodore.

D'une chiquenaude, il fit sauter le loquet et ouvrit la porte à la volée. Le Cramé réussit à ne pas gémir et attendit stoïquement qu'une lame froide lui crève le ventre. Mais le forban en chef trébucha sur une aspérité du seuil et s'effondra dans un fracas de bois rompu et de verre pilé. À peine à terre, il entama une litanie de jurons tonitruants, tous plus blasphématoires les uns que les autres. Toutefois, aucun d'eux ne faisait allusion à une intruse, ni à une trahison, ni même à la mort prochaine du Cramé. Celui-ci reprit donc espoir et osa risquer un œil dans la pièce. Il aperçut le Commodore, vautré sur une banquette où ses hommes l'avaient péniblement roulé, mais ne vit aucune trace de la baronne. Avait-il parlé à une créature céleste ? Comment expliquer, sinon, la miraculeuse absence de la jeune fille dans cette grotte dépourvue d'autre issue que la porte qu'il gardait ? Le Cramé frissonna de la tête aux pieds. Il fit un rapide signe de croix, au cas où, puis cracha par-dessus son épaule, en sûreté.

Le Commodore braillait toujours à pleins poumons quand un hoquet sonore lui coupa la chique. Les hommes se reculèrent précipitamment, craignant des éclaboussures. Mais, en dépit de plusieurs rots et éructations gargouillantes, le Commodore ne vomit pas. Il parut même requinqué, essuya sa face barbue d'un revers de manche et hurla :

– Place à la beauté ! À la poésie ! Qu'on m'amène la baronne, avec sa mandore ! Que le cher... RÔÔTT... le cher ange m'enchante comme une sirène de l'océan !

Un jeune gars efflanqué partit au galop dans le couloir. Il reparut bientôt, tête basse, sans la baronne. Il lança un regard éperdu au Cramé qui lui chuchota au passage :

– J'préfère être dans mes galoches que dans les tiennes, mon drôle.

Le jeune pénétra dans la grotte avec l'enthousiasme d'un chrétien dans la cage aux lions. Le Cramé perçut quelques bafouillis entrecoupés d'insultes, puis le craquement très particulier d'un crâne qui cède sous les coups. Peu après, deux hommes repassèrent la porte en halant par les pieds le matelot moribond.

– LE CRAMÉ ! brama le Commodore.

Le Cramé s'avança en soupirant.

– Trouve-moi cette garce de fumelle qui s'est encore cachée. Trouve-la-moi !

Le Commodore, tout à trac, se mit à geindre :

– Elle a le front de refuser du réconfort à son seigneur et maître ! Avec ce que j'lui donne ! Les bijoux, les toilettes, les parfums. Toujours plus que son père, un traîne-misère, tout baron qu'il était. Vingt dieux ! L'ingrate ! La vipère ! Et envoie-moi aussi la Sylvine, qu'elle m'retire mes bottes et m'prépare ma couchette. On est pas servi dans cette turne, sacrebleu de bernique !

Le Cramé s'empressa de filer, sûr de trouver la monumentale cuisinière derrière ses fourneaux. Il la savait capable de tenir tête au Commodore, même éméché. Au passage, il en profiterait pour lui soutirer un quignon, un oignon ou, qui sait, un rabiot de soupe et un coup de pinard, si elle était bien lunée ?

Mais, dans la grotte qui tenait lieu de cuisine, la chandelle était mouchée. Le Cramé patienta d'abord sur le seuil, car la cuisinière n'aimait guère qu'on entre sans invitation. Plus d'un matelot s'était fait caresser les reins à coups de balai pour l'avoir oublié. Le Cramé appela plusieurs fois. Pas de réponse. Il se risqua alors jusqu'au fourneau, qu'il trouva froid. La marmite de soupe était propre, la huche à pain vide. À force de fouiner, il dénicha une couenne noircie qui servait à faire briller les poêlons. Le Cramé n'avait pas mangé de viande depuis belle lurette et il enfouit le bout de gras rance dans sa ceinture avec satisfaction. Puis il entreprit de fouiller les souterrains en criant partout « Dame La Violette ! », bien décidé à courir toute la nuit la falaise, la lande et l'estuaire plutôt que de revenir bredouille auprès du Commodore.

Le piège

Le dos collé à la muraille suintante d'humidité, Nagîna, Sylvine, Olympe et Agathe retenaient leur souffle. À l'arrivée du Commodore, Agathe les avait entraînées dans une faille de la roche. Elles s'étaient précipitées en file indienne dans un étroit boyau, trébuchant sur le sol inégal, puis la chandelle s'était éteinte. « Il faut attendre », avait murmuré Agathe. Depuis elles n'avaient pas échangé un mot. De la chambre du Commodore leur parvenaient des éclats de voix et des jurons. À chaque mention de son nom, Olympe sursautait et mordait son mouchoir dans l'espoir d'empêcher ses dents de claquer.

D'interminables minutes s'écoulèrent. Ne voyant arriver ni « sa » baronne ni « sa » cuisinière, le Commodore s'étouffa de rage, brailla, tempêta, distribua des grêles de coups. Puis, subitement, un grand silence régna. Olympe pressa ses doigts à ses lèvres tremblantes. Ses compagnes se raidirent, l'arme au poing. Mais entre le battement des vagues et le hululement du vent, leur parvint bientôt un ronflement graillonneux. Infiniment soulagées, elles entendirent les matelots chuchoter, s'éloigner sur la pointe des pieds et tirer derrière eux la porte de chêne.

Il y eut dans le tunnel des froissements d'étoffe, des crissements, de petits chocs secs et, soudain, une étincelle illumina l'obscurité.

– Approchez la chandelle, j'vous prie.

Du silex frappé d'une main experte jaillit une pluie d'étincelles qui s'éteignaient aussitôt. Enfin l'une d'elles s'accrocha à un lambeau d'amadou bien sec, s'en nourrit, devint une flamme et la chandelle fut allumée.

– Ma-ma b-bonne Sy-Sylvine, tu-tu nous sauves, bégaya Olympe avec enthousiasme.

– Pardine ! Une cuisinière sans briquet, c'est comme un baiser sans moustache, ça a pas d'allure.

Leurs quatre regards se croisèrent au-dessus de la bougie. Réconfortées par la lumière, elles échangèrent des sourires. Puis Agathe esquissa un salut.

– Mesdames, je dois, hélas, renoncer à votre charmante compagnie car j'ai un Commodore à occire.

Sylvine lui barra le chemin d'un bras puissant.

– Un instant. Nous v'là prises au piège. Si l'alerte est donnée, comment on s'en sauvera d'icite, nous z'autres ? dit-elle à voix basse.

– Qu'importe ? Puisque chacune semblait prête à sacrifier sa vie, ce soir, rétorqua Agathe.

– Sa vie, certes, approuva Nagîna. Mais celle des autres ?

– À moins que vous ayez un chemin de traverse ? demanda Sylvine.

Agathe secoua la tête.

– Je suis venue de la plage par ce tunnel. Mais on ne peut pas en ressortir avant la marée basse, à l'aube.

– Quant à moi, je me suis glissée par une sorte de cheminée percée dans la lande, exposa Nagîna. Peut-être que...

Agathe ricana.

– Dame Sylvine, avec son tour de taille, n'a pas plus de chance de passer par ton tuyau de pierre que le chameau de la Bible par le chas de l'aiguille !

– Les chameaux sont capables d'exploits que tu ignores, susurra Nagîna. Mais ton savoir, comme ton honneur, tient certainement sur la pointe de ton épée...

Les yeux d'Agathe rétrécirent sous l'offense.

Sylvine s'interposa.

– Ça suffit, les chicanes ! Nous v'là dans la même barque et à c't'heure, nous devons ramer ensemble.

– Sylvine a raison. Je vous en prie, éloignons-nous de... de *lui*, supplia Olympe.

Agathe considéra ses compagnes avec exaspération puis, sans crier gare, rengaina son arme.

– Plus loin, ce couloir s'élargit, bougonna-t-elle. Nous pourrons nous asseoir et attendre l'aube. La roche est friable, tenons-nous, c'est plus sûr.

Sylvine lui donna aussitôt sa forte main, s'empara de celle de la frêle Olympe, qui tendit timidement ses doigts à Nagîna. Liées ainsi l'une à l'autre, guidées par la petite flamme vacillante, elles s'enfoncèrent au cœur de la falaise.

Le boyau descendait en pente douce mais le sol tapissé d'algues vertes glissait comme un lac gelé. Elles trouvèrent bientôt un espace assez vaste pour s'accroupir.

– Y faut économiser la lumière, annonça Sylvine en soufflant à regret la chandelle.

Un noir absolu leur tomba sur la tête, l'impression d'être enterrées vives sous des tonnes de roches. Seul le lointain fracas de l'océan leur rappelait le monde des vivants. Sans rien dire, chacune reprit la main de sa voisine, replia les genoux sous son menton et se prépara à affronter la longue et terrible nuit.

– C'est ainsi que vivent les aveugles, souffla Olympe d'une voix altérée. Quelle horreur…

– Mais au moins on peut causer ! remarqua Sylvine. Si on profitait qu'on est entre nous pour s'avouer tout le bien qu'on pense du Commodore ?

Les autres sourirent dans l'obscurité.

– Eh bien, faites-moi donc son portrait, proposa Agathe. Car bien qu'il hante mes cauchemars je ne l'ai encore jamais vu.

– Ma foi, il est fort peu gracieux, commença Olympe.

– L'est laid comme un cul de pourceau, oui ! coupa Sylvine. Pareillement sale et parfumé à la fleur de purin, on n'y toucherait pas avec un bâton. Fort à tuer un bœuf, plus torvisse qu'un crabe, la face mangée de vérole, le poil noir d'un rat. Et avec ça, l'a oublié d'être bête, le vilain drôle !

Nagîna éclata d'un rire cristallin.

– Voilà un pinceau trempé dans la plus acide des eaux-fortes !

– Et quel touchant dévouement à son maître ! renchérit Agathe. Est-ce pour cela que tu l'attendais, la lardoire à la main ? Pour lui percer la bedaine, en fidèle servante ?

Quand Sylvine répondit, il sembla qu'elle parlait entre ses dents serrées.

– Le Commodore ne mourra qu'une fois, hélas. On sera loin du compte. Lui, il m'a volé six vies. Mon mari et mes cinq petits.

La Fille du Roy

Il y eut un silence, noir et épais. Sylvine se racla la gorge.

– Autant que je vous conte mon histoire du début, ça fera passer l'temps… Alors, j'suis née en Saintonge, à moins de cinq lieues d'icite, dans une étable, comme le p'tit Jésus. Ma mère était une femme des champs, qui se louait de ferme en ferme. Croyez-moi, elle a eu bien de la misère. À commencer par un paquet de gosses, une vraie malédiction ! Moi, j'étais au moins la dixième, à c't'heure elle comptait déjà plus. Mais j'étais pas trop nigaude, jamais malade, bien bâtie. Gamine, je rentrais les foins comme un journalier. Dans une grosse ferme, du côté de Cozes, voilà que la patronne me prend sous son aile. Elle me met aux cuisines. J'apprends à soigner les petits enfants et la volaille, à broder un peu, à dépouiller les lapins comme y faut pour coudre des manchons, à conduire les bêtes au fouet, toutes ces affaires qu'une femme doit savoir. J'ai bien quinze ans quand la maîtresse meurt. Le mari, un vaurien avec deux mains gauches, y boit sa ferme. Moi, j'deviens une bouche en trop, alors j'm'en vais servir au couvent. C'est juste le moment que les gens de not' Roy Louis y cherchent des filles et des femmes. « Pour la gloire du royaume de France et peupler le Nouveau Monde qu'est tout vide », nous dit la Mère supérieure. En vrai, ce monde-là, l'est ni vide ni nouveau, vu qu'y a des tas de sauvages qui l'habitent depuis la nuit des temps ! Mais ça, elle nous l'dit pas. Pis, on avait pas le choix, c'était ça ou crever de faim. On reçoit donc pour bagages une caisse en bois, un nécessaire à couture, cinquante livres pour payer not'passage et acheter un trousseau de guenilles pour not'ménage. Alors au mitan de mai, en l'an de grâce 1672, me v'là embarquée comme Fille du Roy sur *L'Arc-en-ciel*. C'est un beau trois-mâts, aux cales pleines de sel de l'île de Ré. Hisse les voiles et en route pour la Nouvelle-France ! Plus d'une fille pleurait comme une fontaine, en passant les tours de La Rochelle…

– Sans t'offenser, Sylvine, interrompit Agathe, ce sont des enragées, des tire-laine et des… hum… des femmes de rien, qu'on a envoyées là-bas. Je les ai vues, sur le port, qui s'arrachaient les cheveux en criant comme des sorcières quand les soldats les poussaient à bord.

– Ouiche, celles-là, elles sont venues après… Quand on a vidé les culs-de-basse-fosse et les asiles de France, pour verser ce pauv' monde en travers l'océan. Mais nous, les Filles du Roy, on était choisies, et parmi nous, y en avait plus d'une de la noblesse. Des ruinées, des cadettes, des déshonorées…

– C'est vrai ! s'exclama Olympe. Au couvent, une de mes cousines de Normandie, une de La Tour du Pin, est ainsi partie naguère. J'ignore ce qu'elle est devenue.

– Ah, Dame ! J'veux pas vous faire peine, mais autant il en arrive, autant il en meurt. Surtout les filles de bonne famille, qui sont pas accoutumées à travailler dehors… Elles ont beau avoir des quatre cents livres de dot, il y a que les plus costaudes qui supportent une froidure qu'on imagine pas icite. Le grand fleuve et la mer gelés, la nuit qui dure des mois, la neige par-dessus le toit des cabanes, le ventre vide, la solitude, les Indiens… Mais avant ça, faut pas périr en mer, emportée par la tempête, la faim ou la maladie des marins, qui pourrit tant la bouche que les dents vous tombent une par une ! Rien qu'à ce voyage, y a trois jeunes filles, un gabier et l'aide-charpentier qu'ont fait leur trou dans l'eau !

– Est-ce une longue navigation jusqu'aux Amériques ? s'enquit Nagîna.

– J'ai compté neuf semaines et quatre jours ! Dieu du ciel ! J'ai cru plus jamais toucher terre. On a passé l'île d'Aix dans le brouillard et on a plus vu de côte avant de manquer s'enfarguer sur les roches de l'embouchure du Saint-Laurent, au beau milieu d'une tempête de neige. Au mois d'août ! Le capitaine sacrait comme un damné de l'enfer pour son sel perdu. Moi, j'avais juré à la Vierge Marie de jamais retourner sur l'eau, sinon j'sautais sur le premier bateau qui rentrait au pays !

– Ce qui eût été dommage, on dit que les Indiens font de fort bons époux, intervint Agathe avec malice.

– Le Roy Louis nous envoyait pas fricoter avec les Indiens ! s'indigna Sylvine, tout à son récit. Et pis, là-bas, avec une femme pour six hommes on risque pas de moisir vieille fille. Même les bancroches et les mégères, elles sont courtisées comme des princesses... Mais évidemment, pas par des princes. Les gars, y sont soldats, laboureurs, tonneliers, coureurs de bois... Et plus d'un coureur de jupons, menteur, buveur et compagnie. Ah, ça traîne pas ! On s'reluque et, hop, on s'épousaille. Le jour même, on commence à bâtir une ferme et une famille. Moi, à ce jeu-là, j'ai tiré le meilleur numéro... V'là qu'on arrive enfin à Québec, après des jours contre vents et marées. *L'Arc-en-ciel* s'ancre au milieu du fleuve. Nous z'autres, les Filles du Roy, on s'entasse dans une chaloupe pour accoster. Encore brassée par le roulis, je glisse en grimpant sur l'quai. Une forte main m'attrape et voilà que j'pose le pied sur le Nouveau Monde au bras de Mathurin La Violette, dit Belhumeur, le meilleur des hommes et le plus beau gars de la contrée jusqu'au pôle Nord !

– Comme c'est rôôômantique, roucoula outrageusement Agathe.

– Un conte de fées ! s'extasia Olympe, transportée.

– Ma foi, c'est pas souvent qu'une femme aime l'homme qu'elle marie. Mais celui-ci, j'l'ai aimé jusqu'à ce que la mort nous sépare. Et encore après.

Ses compagnes se rappelèrent alors que la belle histoire

d'amour au Nouveau Monde connaissait une fin tragique et elles attendirent en silence.

Mais Sylvine semblait revivre avec joie ces années aux côtés de son Mathurin. Années d'incessant labeur, parsemées d'éclats de bonheur. Elle leur conta la clairière et les champs arrachés à la forêt sauvage. La ferme et son rempart de rondins, sur la rive du grand fleuve. Les castors, les lynx, les loups, les wapitis, les ours. Leurs peaux qu'on troquait contre des outils et des fusils. Les Indiens, ombres filantes au crépuscule, dont on ne savait jamais si c'étaient des Hurons, amis des Français, ou ces galeux d'Iroquois acoquinés aux fourbes Anglais. Surtout, elle raconta les enfants, au fil des ans. Marguerite, l'aînée, aux nattes blondes qui tombaient jusqu'à ses talons. Gabriel, le portrait de son père, la barbe en moins. Perrine, dont la voix d'ange effaçait leurs misères d'une chanson. Étiennette, la bêtisière, mais tendre comme crème au beurre. Et Joachim, le petiot qui marchait à peine, les bras tout écartés.

Ses compagnes riaient, s'étonnaient, questionnaient, heureuses du voyage, inquiètes de toucher au but.

– Pis un matin arrive le grand fils du voisin, sur son canot, à bout de souffle. J'comprends tout de suite, rien qu'à sa tête : sa Mariette est en couches et ça s'passe mal. Il est pas devant ma porte que j'ai déjà noué des simples et un tablier propre dans un torchon. J'envoie Gabriel prévenir son père qu'est parti bûcher au matin. J'laisse ma confiture de bleuets à touiller à Perrine, j'crie aux p'tits d'obéir à Marguerite, et j'saute dans le canot, sûre d'être revenue le lendemain. Avant de passer la pointe de l'anse, je m'retourne. Dans les bras de sa sœur qui brille au soleil comme une pièce d'or, le petit Joachim agite sa menotte, Étiennette a mis ses galoches dans l'eau... Les autres, j'les vois déjà plus...

La voix de Sylvine se brisa. Dans le silence, le martèlement des vagues parut plus proche, plus menaçant.

– Tu... Nous comprenons..., balbutia Olympe, la gorge serrée.

Dans l'obscurité, elles sentirent Sylvine se redresser.

– Non. J'irai au bout. Faut que j'aille au bout.

Une inspiration profonde.

– On arrive chez les voisins, qu'habitaient à deux heures de pagaie. La pauv' Mariette a plus de voix, à force de crier. L'enfant, à l'intérieur, a le cordon serré autour du cou. Ils sont presque morts tous les deux. J'mets de l'eau à bouillir et j'fais ce qui faut. Je sauve la mère.

Olympe hoqueta délicatement dans son mouchoir en charpie.

– Quequ' fois, j'me dis que l'Bon Dieu m'a punie de me mêler à sa place des affaires de vie et de mort...

– Parbleu, c'est qu'il n'est pas si miséricordieux que les curés le racontent, approuva Agathe.

– Mademoiselle La Boissière ! souffla Olympe, c'est grande impiété de juger les voies du Seigneur !

– L'impiété est le moindre de mes défauts, ricana Agathe. Quand je vois Dieu abattre tant de chagrins sur ces malheureuses qui le prient avec confiance !

– Chez moi, on dit que l'homme est une caisse fermée dont l'épreuve est la clé..., murmura Nagîna.

– Alors j'étais verrouillée avec un bien gros cadenas, soupira Sylvine. Or donc, je soigne la Mariette, j'la réconforte, j'lui dis qu'elle en fera d'autres, des petits... Cette niaiserie ! Quand j'sors prendre l'air, la nuit est claire, avec des étoiles plein le ciel et une jolie brise qui vient de la mer. Celle-là même gonfle alors les voiles de *La Gorgone*, ce navire de maudits, et la pousse droit sur not'fortin...

– *La Gorgone* ? Le vaisseau du Commodore ? interrompit Nagîna.

– Oui da... À son bord trente canons et une centaine de gredins, de ceux qui tuent pour le plaisir. Parce qu'une ferme de colons, c'est pas un galion portugais chargé d'émeraudes. Tout l'trésor qu'elle abrite, c'est un brave homme, cinq gamins, quequ'peaux de castors et un cochon pas trop gras. Sûr que Mathurin et Gabriel se battent comme des enragés, mais y n'ont qu'un tonnelet de poudre. Les forbans les coincent tous dans la maison, et y z'y boutent le feu. Une cabane en épinette, bien sèche, bien résineuse. Ça flambe comme paille de juillet... Quand... quand... Le lendemain, au point du jour, ça sent le brûlé de loin sur la rivière... Le soupçon du désastre me prend au cœur. On passe la pointe de l'anse...

La voix de Sylvine se recroquevilla dans sa gorge. Assourdies par le fracas du ressac, les autres tendirent l'oreille, rapprochèrent leurs têtes. Là, dans la tiédeur de leurs haleines emmêlées, Sylvine acheva :

– Sur la plage, les chiens gisent égorgés. Du fortin, il reste que charbons fumants. Tout est noir. Tout est mort. Depuis ce jour, c'est la vengeance qui m'tient debout.

L'échappée

– N'avez-vous point l'cul dans l'eau, vous z'autres ?

Encore sous le choc, elles peinèrent à reprendre leurs esprits. Agathe, la première, se leva d'un bond.

– Crénom ! La marée ! La marée monte!

– Seigneur ! Nous allons périr noyées !

– Non, revenons sur nos pas ! Même aux grandes marées, l'eau n'atteint pas les grottes.

– Mais si le Commodore se réveille…

– Y'a pas trop de danger, c'est moi qui lui ai servi sa gnôle hier soir.

– Vite, la chandelle !

– J'fais ce que je peux, Mademoiselle, mais j'ai pas quatre mains.

La chandelle rallumée, elles constatèrent que l'eau de

mer arrivait en vaguelettes d'un noir d'encre, qu'elle remplissait déjà le fond du boyau et tourbillonnait autour de leurs chevilles.

Soulevant à pleines mains jupes, jupons et voiles alourdis d'eau, Nagîna, Olympe et Sylvine pataugèrent à la suite d'Agathe qui rebroussait déjà chemin à grands pas, lame au clair.

– Pas si vite, mademoiselle Agathe, c'est pas prudent. Y'a des trous profonds.

– La chance, ma bonne Sylvine, sourit aux audacieux… OUCH !

Et Agathe s'affala dans une gerbe d'éclaboussures. Les autres se précipitèrent, gênées par l'étroitesse du boyau. Nagîna redressa Agathe par son pourpoint, écarta les mèches brunes et découvrit une énorme bosse aux reflets bleutés. Elle leva les yeux au ciel puis entreprit de fouiller dans une bourse de cuir pendue à sa ceinture.

– Sylvine, enlève-lui cette épée ou elle se blessera sérieusement.

– N… non…, balbutia Agathe, les doigts crispés sur la garde d'acier.

– Allons, allons, c'est dangereux, fit Sylvine, lui retirant son arme comme on ôte un canif des mains d'un enfant.

Nagîna tira de sa besace un coffret de métal à peine plus gros qu'une noix, rempli d'un onguent jaunâtre qu'elle appliqua délicatement sur l'hématome. Agathe tressaillit.

– Faut pas bouger, commanda Sylvine en lui saisissant

fermement le menton. C'est quoi donc, cette mixture-là ? demanda-t-elle avec intérêt.

– Les pétales d'une fleur jaune excellente contre les contusions, écrasés dans une graisse de bœuf très fine. Je ne connais pas son nom dans votre pharmacopée.

– *Arnica montana*, murmura Olympe.

Sylvine et Nagîna levèrent vers elle un regard intrigué. Olympe se troubla aussitôt.

– Enfin, je... j'ignore... Pardonnez-moi...

– J'avais raison, dit alors Agathe.

L'attention des trois autres se reporta sur elle. Nagîna haussa un sourcil sceptique.

– L'audace... La chance...

Elle désigna du doigt le plafond rocheux. Les autres levèrent la tête. Au-dessus d'elles s'ouvrait un conduit vertical, caché par le bourrelet de pierre qu'avait percuté Agathe. En haut, elles aperçurent un enchevêtrement de branches et, miracle, une étoile qui scintillait encore.

– Sauvées..., souffla Nagîna.

– Ouiche, mais la nuit pâlit, il faut vous hâter.

– Comment, Sylvine, tu ne viens pas ?

– C'est que j'ai pas la patte à l'escalade !

– N'aie crainte, nous t'aiderons, l'encouragea Olympe.

– J'suis bien trop lourde, Mademoiselle, vous me hisserez jamais.

– Nous non, intervint Nagîna, mais j'ai là-haut le plus solide des compagnons...

Comme par magie, une flûte de roseau apparut entre les doigts effilés de Nagîna. Elle la porta à ses lèvres sous le masque noir. Une mélopée ténue et ondulante s'éleva dans le conduit de pierre. Un bruit de feuillage froissé leur parvint bientôt, et là-haut, les branches s'écartèrent. Une silhouette massive boucha presque l'orifice. Olympe poussa un cri de souris et se cacha derrière Sylvine.

– Nagîna ? appela une voix profonde comme un tambour de guerre.

Celle-ci répondit puis se tourna vers ses compagnes.

– C'est Juba. Ce ne sera plus long maintenant.

Un instant plus tard, l'extrémité d'une épaisse corde de chanvre tombait à leurs pieds. Nagîna la noua en une boucle lâche et s'approcha d'Olympe.

– Oh non ! Pas moi ! Pas la première !

Elle leva des yeux bleus emplis d'effroi vers leur sauveur qui se dessinait, noir sur noir, sur le ciel nocturne.

– Je ne peux pas rester seule avec un… avec ce *nègre* !

– Je réponds de Juba comme de moi-même, assura Nagîna froidement. Mais libre à vous de préférer la compagnie des soudards blancs du Commodore.

– Non, mais je… je…

– J'vais monter, moi, coupa Sylvine. Et j'aurai ce Juba à l'œil.

Sans un mot, Nagîna noua la corde autour de Sylvine, puis lança un ordre bref. Aussitôt, la corde se tendit. De la surface leur parvinrent des grognements d'efforts et Sylvine fut arrachée à l'eau de mer qui leur battait maintenant les genoux. Elle s'éleva majestueusement. Il y eut des branches écrasées, des cailloux roulèrent dans le puits et la voix de Sylvine leur arriva d'en haut.

– Mazette, c'est pas la moitié d'un costaud, vot' Juba. À côté, même le Commodore a l'air musclé comme un hareng !

Nagîna sourit, puis rit franchement à un chuchotement de Juba qui résonna sourdement dans le boyau.

– Juba dit que vous êtes aussi lourde qu'un troupeau de chameaux, mais encore plus belle.

– Au lieu de jouer au joli cœur, il ferait mieux de haler sur la ficelle, intervint Agathe. L'aube approche et il y a des hommes de garde sur la lande.

Nagîna attacha habilement la fine taille d'Olympe, dont le regard hautain était démenti par son menton tremblant. La baronne de Haussy se laissa hisser, muette, blanche et droite comme un lys.

La corde retombée, Nagîna et Agathe se mesurèrent du regard. Agathe lança :

– Ton esclave ne t'abandonnera jamais. Il vaut mieux que je monte avant toi.

– Avant ou après moi, qu'importe ? Sur mon ordre Juba t'arrachera à ce piège ou te tranchera la gorge. L'heure semble venue d'accorder ta confiance à deux étrangers…

Agathe tâta sa bosse d'un doigt prudent.

– Je sais combien les étrangers sont avaricieux. Tu n'aurais pas gâché une précieuse médecine si tu avais l'intention de me tuer.

Elle rengaina son épée, lança un sourire radieux à Nagîna et d'une traction de bras sur la corde s'envola comme un gabier dans les haubans de misaine.

Le pacte

La tête d'Agathe surgit de terre au milieu d'un bouquet de genêts en fleur. Elle vit d'abord deux pieds géants, entourés de guenilles, surmontés de deux troncs noirs. Puis elle vit Sylvine, un bras passé autour des épaules d'Olympe dont les cheveux flottaient au vent tel un étendard de lumière. Une main immense la tira alors du trou, l'éleva à plus d'une toise au-dessus du sol. Elle se trouva face au visage de Juba. Même dans l'obscurité, Agathe distingua les cicatrices en relief, roulées en serpentin sur les larges pommettes, le crâne aussi rond et chevelu qu'un boulet de canon, l'oreille droite percée d'un anneau d'or. Enfin, derrière cette oreille, elle aperçut l'éclat meurtrier d'un sabre d'abordage. D'une seule et violente torsion, elle échappa à la poigne de Juba et dégaina son épée. Le choc des lames sonna dans la nuit.

L'homme qui les avait surpris était un forban, aussi large que haut, engoncé dans une redingote volée à un officier de marine plus svelte que lui. Il traînait une patte folle et compensait son infirmité en maniant son sabre comme un bûcheron. Mais la jeune fille se jouait de la brute, se déplaçait sans cesse avec une souplesse de chat et déviait ses assauts sans céder un pouce de terrain. Le forban jura entre ses dents.

– Il faudrait remonter l'étrangère, je l'entends s'égosiller d'ici, lança Agathe d'un ton de conversation de salon.

À ces mots, le pirate ouvrit des yeux ronds.

– Mais… t'es une enjuponnée qui s'bat à l'épée, toi ?

– Quelle vivacité de pensée dans ce cerveau de moule ! ironisa Agathe.

Cet échange arracha Sylvine, Olympe et Juba à la stupeur qui les clouait sur place. Sylvine se hâta de tirer sur la corde, Olympe se mordit les lèvres avec ardeur, Juba s'avança en serrant ses énormes poings. Agathe fit signe au géant de reculer. Le pirate s'était mis à haleter bruyamment.

– Alors, gros lard, on mollit des genoux ? Diable, c'est qu'on s'encroûte à attaquer par traîtrise des gens désarmés !

Agathe ponctua sa phrase d'une fente rapide. Le sang jaillit au front du pirate. Il y porta sa main, l'air effaré, puis chargea comme un taureau. Agathe le tint à distance, les bras équilibrés en un gracieux balancier.

– Le jour se lève, fit bientôt la voix de Nagîna dans son dos. Finissons-en.

– Tudieu, j'aurais déjà percé cet épouvantail si je ne craignais d'éveiller la méfiance du Commodore.

– Laisse faire Juba, alors. Ce gueux-là ne sera ni le premier ni le dernier à tomber de la falaise.

Agathe réfléchit un instant. Il y eut un froissement de métal et le rufian s'immobilisa, la gorge épinglée d'une pointe d'acier. Nagîna lança un ordre. Juba entoura le cou de l'homme de ses bras massifs, serra, souleva et s'éloigna dans la pénombre en ignorant les gargouillis affolés du pirate.

Les quatre femmes restèrent debout dans la pâle lueur de l'aube, secouées par des rafales de vent froid, hésitant à se séparer.

– Et maintenant ? demanda Nagîna.

– Eh ben… Mademoiselle Olympe et moi, on va rentrer comme deux souris dans not'trou, comme si on avait jamais bougé, répondit Sylvine. HA HA HA ! J'en connais qui vont s'faire tanner le cuir de pas nous avoir trouvées !

– Ne craignez-vous pas la colère du Commodore ?

– Oh siii, gémit Olympe.

– Y va gueuler comme un goret le jour du boudin et puis baste, tempéra Sylvine. Mais il lèvera pas la main sur nous : cette boursouflure est tombée en amour avec mes pâtés en croûte et les yeux bleus de not'jolie baronne !

– Doux Jésus, Sylvine ! Comment peux-tu dire de telles horreurs ?

– Pasque c'est la vérité vraie. Mais ça nous empêchera pas d'lui faire la peau. Ce sera même plus facile à deux.

– Ce serait plus facile à trois, remarqua Nagîna.

– Et plus encore à quatre, ventre-saint-gris ! s'exclama Agathe.

– Voilà qui est parlé ! approuva Sylvine. Alors convenons d'un traquenard et finissons-en avec ce scélérat. Moi, j'peux vous retrouver librement, vu que j'avitaille ces bons à rien dans les fermes alentour.

– Moi, j'ai un campement près d'une grange en ruine, à deux lieues d'ici, expliqua Nagîna. Juba et moi, nous voyageons comme des bohémiens, il montre ses muscles, je dis la bonne aventure…

– Il y a donc des gobe-mouches pour avaler tes fariboles ? se moqua Agathe.

Nagîna écarta son voile rabattu par le vent et l'observa d'un œil perçant.

– N'aimerais-tu pas, un jour, me confier ta main et connaître le sort qui t'attend ?

– Confier ma main à une étrangère ? Plutôt la couper avec ma propre épée ! Quant à mon avenir, il sera ce que j'en déciderai ! décréta Agathe en cachant toutefois ses mains derrière son dos. Pour ma part, c'est une barque de pêche qui m'a amenée de La Rochelle et elle m'attend dans une crique toute proche.

– Moi, je ne puis aller nulle part, je suis prisonnière dans ces grottes ! se lamenta Olympe.

Sylvine interpella Agathe :

– Vot'crique, est-elle pas fermée par une falaise blanche, pas très haute, couverte de chênes verts qu'ont l'air de se précipiter dans la mer ?

– Oui, c'est ça.

– Alors, c'est la conche des Yeuses. Écoutez-moi, vous z'autres : y a là-bas un plateau de roches qui découvre à marée basse, j'y vais souvent chercher des coques et des tourteaux. Au ras de la plage, les vagues ont creusé comme un abri. Personne peut vous y voir, même pas du large. Mademoiselle Olympe, j'm'en vais donc vous chaperonner et devinez où qu'on s'promènera tantôt, bras dessus bras dessous ?

Le retour de Juba, sombre et silencieux comme un oiseau de nuit, coupa court aux protestations inquiètes d'Olympe.

– Alors, c'est convenu ? Dans la conche des Yeuses à la prochaine marée basse ?

Nagîna hocha la tête. Agathe tendit sa main au centre du cercle, paume vers le ciel, et affirma :

– Le Commodore payera son dû !

Une à une, elles posèrent leur main sur celle d'Agathe et répétèrent ensemble :

– Le Commodore payera son dû !

Le réveil

Le Commodore s'éveilla en lâchant une bordée de pets aussi détonants qu'un feu roulant de canons.

– Heureusement que vous tirez à blanc ! lança Sylvine en fronçant le nez de dégoût.

Elle posa sur la table un plateau chargé d'une écuelle de soupe d'orge, d'un demi-pain noir et d'un talon de jambon. Le Commodore se plaqua les mains sur les oreilles.

– Gueule pas comme une mouette, enragée de fumelle !

– J'crie pas. C'est vot'caboche qui résonne du bruit des futailles vides.

Le Commodore resta d'abord aussi inerte qu'une bûche puis, la mémoire lui revenant, se dressa sur sa couche. Il grogna aussitôt de douleur, porta une main à son front, l'autre à son côté.

– Où t'étais, hier au soir, vermine ? ronchonna-t-il en se frottant la panse.

– Là où j'devais être.

– J'ai envoyé le Cramé vous mander, toi et cette sainte nitouche de baronne.

– Le Cramé…, fit Sylvine d'un ton apitoyé. Un pauv' drôle qui trouverait pas le trou de son cul !

Elle tira la couverture du Commodore, lui arracha sans ménagement les pieds du matelas et le fit pivoter au bord du lit. Le pirate se plia soudain en deux, avec un râle.

– Mes douleurs… ça me reprend, grinça-t-il.

Sylvine attendit la fin de la crise, debout, les bras croisés, le considérant d'un œil glacé. Le Commodore reprit lentement son souffle, rota, cracha, se gratta sous les bras, renifla ses ongles et se déclara prêt à passer à table.

– C'EST QUOI CE FRICOT D'MISÈRE ? beugla-t-il en apercevant son repas. Tu m'prends pour un avorton ? J'veux du pâté, un rôti, du fromage ! Et un pichet de vin, nom d'un sabord !

– Y'en a plus, rétorqua Sylvine. Hier au dîner vous avez bafré les provisions de la semaine. Maintenant, faut que j'attelle la mule et que j'm'en retourne à la ferme.

– Une omelette, au moins, crénom de Dieu !

– J'vous dis qu'y a plus rien. J'vais pas vous pondre des œufs ! Et parjurez pas le Bon Dieu, déjà que vot'âme, elle vaut pas cher.

Le Commodore lui jeta un œil mauvais.

– Rabats ton caquet, insolente, ou il t'en cuira.

Sylvine sentit le danger. En silence, elle secoua les couvertures, frappa les oreillers, balaya les débris dus à la chute du Commodore la veille au soir. Elle attendit patiemment que celui-ci lape sa soupe d'orge, rumine pain et jambon puis, bien calé dans son fauteuil, tire quelques bouffées de pipe.

– Pour vous rafraîchir les boyaux, j'irai chercher des coquillages tantôt, lança-t-elle. Peut-être des crevettes, si j'en trouve.

– Tâche de mettre la main sur un crabe, un tourteau avec du corail rouge dedans… Tu m'le cuiras au court-bouillon, ça fera de la soupe pour mes gars.

Débarrassant la table, Sylvine s'exclama, comme sous l'effet d'une pensée soudaine :

– Dites donc, vot'baronne, vous lui trouvez pas une petite mine ? M'a l'air toute pâlotte…

– Tu peux pas savoir toi qu'es née dans le ruisseau, mais les demoiselles, plus c'est pâle, plus c'est noble.

– Noble ou pas noble, un cadavre ça vaut pas tripette. Mais c'que j'en dis…

– Tu crois qu'elle est malade ? demanda le pirate, inquiet.

Sylvine prit un air gêné.

– Vous savez, les maux de femme…, murmura-t-elle d'un ton lourd de sous-entendus.

Elle aurait mis sa tête sur le billot que le pirate n'avait pas l'ombre d'une idée à ce sujet.

– Évidemment ! affirma le Commodore. Et quoi qu'on peut faire ?

Sylvine fit mine de réfléchir doctement.

– J'peux lui donner de la décoction de sauge, annonça-t-elle enfin. C'est bon pour le sang.

– Ouais, c'est bien ça, approuva le pirate.

– Il lui faudrait du soleil aussi, ajouta Sylvine. L'air est tout moisi, icite.

– Y a qu'à la mettre dehors ! s'exclama le Commodore comme si Olympe était une plante en pot.

Sylvine sembla prise d'une inspiration subite :

– Et si j'l'emmenais avec moi sur la grève, pendant que j'ramasse des coques ? Elle serait au bon air.

Le Commodore, de nouveau tourmenté par ses intestins, ignora la suggestion.

– Mon trône, vite !

La chaise percée du Commodore était sa fierté. C'était un siège de chêne de facture florentine, croulant d'angelots, de fleurs et de fruits dorés à la feuille. Un astucieux mécanisme caché dans l'accoudoir relevait le fond de tapisserie et dévoilait un pot de chambre en porcelaine fine. Le Commodore n'avait pu se résoudre à abandonner son unique luxe à bord de *La Gorgone*, couchée sur le flanc pour de longs travaux de carénage. Ses matelots avaient donc sué sang et eau pour tirer le trône de la cabine du capitaine, le descendre avec un palan dans une barque secouée par la houle puis le transbahuter à dos d'homme jusque dans ses appartements troglodytes.

– Si Monseigneur veut bien s'donner la peine…, annonça Sylvine.

Le Commodore se précipita. Se déculotta. Soupira d'aise.

– Faut que j'me sauve, la marée attend pas. Et pour la baronne ?

– Débrouille-t'en. Mais gare ! Tu me réponds d'elle sur ta vie !

Sylvine sortit sans répondre, referma soigneusement la porte puis s'autorisa un immense sourire de victoire.

Dans le couloir, elle tomba nez à nez avec le Cramé qui accourait en sens inverse. Il heurta son plateau, l'écuelle roula au sol.

– Butor ! Fripon ! Maraud !

– 'mande pardon, Dame La Violette. J'dois causer au Commodore.

– C'est si pressé qu'il faille bousculer les dames ?

– Ben ouiche… Enfin, non ! Tout de même… On a trouvé Courte-Patte, qu'était de garde c'te nuit, tout ratatiné en bas d'la falaise !

– Voilà c'qui arrive à boire comme un trou dans le sable ! L'aura basculé dans le noir !

– Ça se peut point, Dame La Violette, le Commodore tuera de ses mains un garde qu'aurait bu !

– Pour sûr. Mais y voit pas ce qui passe dans son dos tourné. Pas vrai ?

Sylvine fixa sévèrement le Cramé qui regretta pêle-mêle d'avoir chipé une couenne, cédé à la baronne et empoché la veille un sou de cuivre trouvé dans l'herbe. Sylvine hocha la tête d'un air réprobateur, ramassa l'écuelle et s'éloigna d'un pas digne vers sa cuisine.

Le Cramé avait déjà toqué à la porte du Commodore

quand il se rappela la mystérieuse absence de Dame Sylvine et réalisa qu'il était encore incapable d'en fournir la moindre explication.

Le baudet

Dans son enthousiasme Sylvine poussa la porte d'Olympe sans frapper, toute fière de claironner :

– Habillez-vous, Mademoiselle, nous sortons !

Olympe sauta de son lit et d'un mouvement furtif glissa quelque chose sous l'édredon. Elle garda les yeux baissés tandis que Sylvine fouillait sa garde-robe.

– Jésus Marie ! Mademoiselle Olympe, êtes-vous donc souffrante pour de vrai ?

– Co… comment « pour de vrai » ?

– Afin de vous emmener avec moi, j'ai raconté une belle menterie au Commodore : que vous étiez malade et qu'y vous fallait du bon air. Il a tout gobé !

Olympe eut un petit rire ému.

– Chère Sylvine ! Je puis donc sortir ?

– Quelques heures, seulement… Le temps pour moi de cueillir un bouquet de crevettes, fit Sylvine avec un clin d'œil appuyé.

Elles échangèrent un sourire complice.

– Allons, laissez-moi vous coiffer.

Sylvine tressa les longs cheveux blonds, les recouvrit d'une légère capeline rose, noua les rubans de satin sous le menton docile de la baronne. Puis, Sylvine devant, chargée d'un énorme panier d'osier, Olympe derrière, n'osant croire à sa chance, elles s'engagèrent dans le dédale des couloirs.

Le repaire du Commodore n'avait rien à envier aux fortifications de monsieur de Vauban. Ses murailles, formées par la falaise même, n'étaient percées que d'une dizaine d'ouvertures naturelles. Les plus étroites servaient de meurtrières. Les plus larges avaient été aménagées en sabords par les artilleurs du Commodore. De là, cinq canons de douze livres pointaient leurs gueules noires sur l'estuaire de la Gironde et la passe vers Bordeaux. Sur la falaise, trois autres pièces de dix-huit et deux couleuvrines chargées à la mitraille gardaient la lande, en cas d'approche ennemie par la terre. Approche qui eût été fort ardue puisqu'on ne pouvait descendre aux grottes que par un raidillon creusé à soixante pieds au-dessus du vide. Du côté de l'eau, l'accès était plus difficile encore. La mer grignotait sans répit le calcaire tendre, mais s'était cassé les dents sur deux pitons de granit qui se dressaient devant la falaise, et que les gens du coin surnommaient les Crocs du Diable. À marée basse, un tourbillon d'eau furieux y broyait les galets comme une immense meule à blé. À marée haute, les vagues s'y jetaient avec la force accumulée dans leur long voyage à travers l'océan. Un abordage n'était possible qu'en chaloupe et par beau temps. Il exigeait du barreur une bonne dose de jugeote, des rameurs un effort acharné sur les avirons, et de tout l'équipage une prière muette à Dieu ou à Satan. Par gros temps, l'endroit était coupé du monde, fouetté par le vent, balayé par les embruns, submergé par des abats d'eau hargneuse et glacée.

Mais ce matin-là, un joyeux soleil changeait la Gironde en un miroir étincelant, ponctué de voiles de sardiniers couleur beurre frais, rouge brique, vert étang. Sylvine et Olympe, éblouies, s'arrêtèrent à l'entrée des grottes. Devant elles, à une lieue de distance, se dessinait la mince côte sableuse qui séparait l'estuaire de la pleine mer. Plus au nord, le phare de Cordouan, pointe noire et minuscule, veillait à l'orée du grand large. Un goéland argenté les frôla, aile tranchante sur l'azur, et cria d'une voix éraillée.

– Le jour… enfin, murmura Olympe en aspirant l'air vif, chargé de senteurs de pin, d'immortelles, de sable mouillé.

– Pour sûr, ça fait du bien de sortir de c'terrier, approuva Sylvine. Hâtons-nous d'aller chercher Benèze, s'agit pas de manquer not'rendez-vous !

– Benèze ? Fait-il partie de la bande du Commodore ?

Sylvine s'esclaffa :

– HA HA HA ! Ça on peut l'dire, c'est même le plus gourmand et le plus fainéant de la troupe. Et Dieu sait qu'elle n'en manque pas !

Sur le raidillon, Olympe fut prise de vertige. Elle ferma les yeux et se laissa guider par la poigne rassurante de Sylvine.

– Vous pouvez r'garder maintenant !

Elles arrivaient sur la lande. Deux pirates en haillons y jouaient aux dés, accroupis sur l'herbe rase. Ils se levèrent précipitamment.

– Bien l'bonjour, Dame La Violette, fit le plus vieux en ôtant son bonnet.

– Bonjour, bonjour, répondit Sylvine, joviale. Z'avez d'la chance, y fait beau pour monter la garde !

Le vieux grommela dans sa barbiche jaunie de tabac, son compère se mit à observer avec attention les pêcheurs de sardines.

– J'sais pas pour vous, mais moi, ce soleil, ça m'donne soif, ajouta Sylvine en tirant une flasque de son panier.

Les yeux des forbans brillèrent de convoitise. Le bouchon de liège sauta avec un « pop » engageant. Sylvine porta la bouteille à ses lèvres, feignit de boire une bonne goulée. Le vieux pirate avala sa salive convulsivement.

– Tenez, mes bons gars, vous boirez un coup à ma santé ! s'exclama Sylvine en lui tendant la piquette. Mais gardez-vous de passer par-dessus bord !

– Inquiétez-vous pas, Dame La Violette, répondit le jeune car le vieux tétait déjà la bouteille. On garde bon pied bon œil.

– Et bouche cousue, ajouta Sylvine. Le Commodore…

Elle n'eut pas besoin de préciser sa pensée. Le jeune passa un doigt sur sa gorge pour montrer qu'il connaissait la punition.

– À la bonne heure ! conclut Sylvine, en ramassant son panier. Nous v'là tous tranquilles.

Elles s'éloignèrent vers un maigre bouquet de chênes verts. En approchant, Olympe remarqua que leurs troncs noueux étaient inclinés vers l'intérieur des terres, déformés par l'implacable vent marin.

Sylvine siffla entre ses dents.

– Benèze ! Qui qu'tu bouines, cagouille ?

Rien ne broncha.

De son panier, Sylvine tira un quignon de pain. Un reniflement se fit entendre et deux grandes oreilles veloutées pointèrent d'un buisson d'ajoncs.

– Viens-t'en, ventre à pattes, que j'te présente une demoiselle.

– Oh, comme il est beau !

– Allez pas m'le gâter de compliments ! Ce bestiau-là l'est plus futé que tous les marins du Commodore réunis.

Benèze était un baudet du Poitou de la plus pure race. Un spécimen splendide, que les forbans avaient soustrait aux écuries pourtant bien gardées de l'évêque de Saintes. Le prélat raffolait du pas égal et sûr de sa monture, de la douceur de sa robe brune et bouclée, de ses grands yeux soulignés de crème. À sa disparition, les lansquenets de l'évêché avaient dû battre la campagne à la recherche de l'animal, durant deux jours et deux nuits en vain. Au campement des pirates, Benèze faisait preuve d'un caractère rudement trempé, refusant de porter fardeau et cavalier, malgré les coups de botte dans le ventre et les coups de gourdin sur la tête. Les pirates envisageaient de le transformer en saucisson quand Sylvine l'avait convaincu de tirer sa carriole en échange de pain dur et de pluches de carottes. Conformément à cet accord, le baudet se laissa donc attraper, recula sagement entre les bras de la charrette, avala ses gâteries pendant qu'on l'harnachait et trotta gaiement au premier claquement de langue.

La conche des Yeuses

Le dos calé contre le mât, Agathe s'accordait à la danse de *La Sarcelle*. Le petit cotre de pêche luttait vaillamment contre le vent debout et la marée descendante, tirant des bords au ras de la côte pour éviter le gros du courant. À intervalles réguliers, Raphaël commandait « Pare à virer ! Vire ! ». Dans un grand battement de voiles, le pont s'inclinait alors de bâbord à tribord, ou inversement. Tandis que Pierre, le mousse, s'activait sur les écoutes, Agathe se contentait de déplacer ses pieds nus pour retrouver son équilibre, sans quitter la côte des yeux.

Depuis quelques minutes, deux petits points suivaient à terre une course parallèle à celle de *La Sarcelle*. Bientôt elle distingua des chevaux et leurs cavaliers galopant sur le sable ferme à la limite des vagues. Le plus rapide était un petit cheval gris, d'une grande délicatesse d'allure. Sa crinière claire était si longue qu'elle enveloppait par instant son cavalier, le cachait aux regards. Sa cavalière, plutôt. Car Agathe, la main en visière sur les yeux, ne tarda pas à reconnaître Nagîna et son voile noir qui flottait au vent. Derrière venait Juba, silhouette épaisse sur un cheval massif, labourant la plage d'un galop pesant. Peu avant la pointe rocheuse qui fermait l'anse, les deux montures s'inclinèrent en une courbe gracieuse et disparurent parmi les pins. Agathe se tourna vers le barreur et cria :

– Est-ce la conche des Yeuses, derrière la pointe ?

Raphaël montra son oreille, signala que le vent avait emporté la question. Agathe jura et rejoignit la poupe. Elle écarta une écoute de foc qui traînait et se laissa tomber à côté du jeune homme.

– Alors, c'est la conche des Yeuses ? On va être en retard !

– Tu peux ramer, si tu veux aller plus vite.

Du coin de l'œil il vit Agathe se renfrogner, savoura l'instant.

– Tu as vu, sur la plage, l'étrangère avec son esclave ? demanda-t-elle.

– Ouais. Fameuse cavalière.

– Mordieu ! Depuis quand t'y connais-tu, toi, le marin d'eau douce, en canasson ?

Raphaël éclata de rire, cria « À virer » et poussa la barre. La bôme de grand-voile balaya le pont d'un bord sur l'autre. La jeune fille eut à peine le temps de baisser la tête, tenta de se cramponner par les ongles au plat-bord avant d'être précipitée sur des filets puants entassés au fond du bateau. Ses insultes furent noyées dans le claquement des voiles, alors que *La Sarcelle* s'inclinait sous l'autre amure.

Ils aperçurent bientôt la crique des Yeuses. Agathe reconnut la falaise blanche coiffée du feuillage sombre des chênes verts. Sur le sable, deux cavaliers mettaient pied à terre. Agathe jura derechef.

– Jarnicoton, la voilà arrivée avant moi !

– On va mouiller l'ancre à bonne distance, annonça toutefois Raphaël, en désignant la ligne d'écume qui déferlait sur des roches à fleur d'eau. Je t'amènerai à terre dans le canot.

Agathe disparut en grommelant dans la cabine de *La Sarcelle* où elle avait entreposé ses bottes, ses gants et son épée à l'abri des embruns. Avant de boucler son baudrier, elle répéta un serment silencieux et embrassa la lame froide.

Raphaël l'attendait déjà dans le canot, un sourire aux lèvres. Elle le jugea narquois, lui tira la langue. Il s'assombrit.

Elle s'assit sur le banc de nage, au centre du canot, et regarda Raphaël, debout à l'arrière, forcer sur la godille. Elle regretta soudain le temps où ils grandissaient simplement ensemble, instruits à l'école sauvage et libre de la rue, jusqu'à ce que sa propre vie bascule vers la salle d'armes et celle de Raphaël vers *La Sarcelle.* Au fil des années, piégés par l'âge, ils avaient abandonné leurs jeux débridés mais se retrouvaient encore le soir sur les quais. Désormais ils restaient assis côte à côte, à se taquiner, les jambes pendantes le long de la muraille. Raphaël était pour Agathe ce qui ressemblait le plus à un frère, à un ami. Mais Raphaël Charlopeau était aussi, dans la vie de Mlle La Boissière, un déshonneur, une flétrissure. Pensez donc, murmurait-on le dimanche sur le parvis de Saint-Sauveur, la fille du maître d'armes… attifée comme un homme… traîne avec un pêcheur… un moins que rien… Bien entendu, aucune bigote n'était assez téméraire pour en souffler mot à Agathe, mais elle sentait peser la réprobation des bourgeois rochelais. Surtout depuis que son père…

L'habituelle bouffée de honte l'étrangla. Elle préféra reporter son attention vers le petit groupe debout sur le sable. La grosse cuisinière et la baronne – qui d'autre serait assez sotte pour comploter en chapeau rose ? – avaient rejoint les étrangers et leurs chevaux. Menée par la godille habile de Raphaël, la petite barque toucha le sable à leurs pieds. Agathe sauta sur la grève.

– Êtes-vous fous ? lança-t-elle en guise de salut. On vous voit du large, comme si vous étiez grimpés au phare !

– Elle a raison, convint Nagîna. J'envoie Juba cacher nos montures.

– Dépêchons ! Le Commodore a des hommes partout et les gens d'ici lui vendraient leur mère, si elle valait trois sous.

– J'vais vous conduire à la cachette, dit Sylvine.

Raphaël tira la barque sur le sable, s'avança vers les quatre femmes, ôta sa casquette. Le vent ébouriffa ses longs cheveux blondis de sel et de soleil. Un sourire étoila de rides ses yeux d'un brun chaud. La baronne d'Avremont de Haussy, ivre de liberté et oublieuse de son rang, retourna au marin un sourire délicieux, lui tendit ses doigts.

Le jeune homme s'empressa en un baisemain maladroit.

– Madame…

– Par la malemort ! glapit Agathe. Voici bien le lieu pour des ronds de jambes ! Vous nous ferez tous tuer avec vos minauderies !

Elle s'éloigna d'un pas rageur vers la falaise, laissant Olympe pourpre de confusion et Raphaël bouche bée.

La cachette de Sylvine était une bonne cachette. Elle était presque invisible de la plage, mais assez vaste et haute pour se tenir debout. La mer venait de s'en retirer et quelques mares d'eau salée persistaient le long des parois tapissées d'algues. La vie grouillait dans chaque flaque, crevettes transparentes, anémones prune, crabes vert acidulé, moules indigo.

Olympe tomba à genoux sur le sable, extatique.

– Oh, c'est admirable ! Cela semble un monde en miniature, avec ses montagnes de coquillages, ses forêts d'algues minuscules, ses menus habitants lilliputiens ! Voyez, on dirait un petit chapeau !

Elle ramassa délicatement une coquille conique, striée d'ocre et de blanc, l'observa de près. Agathe la toisa.

– Un bigorneau, la belle affaire…

– Un arapède, chuchota Olympe. Gastéropode de la famille des *Patellidae*.

Agathe n'entendit qu'un murmure confus et se détourna avec mépris.

– Bien. Pour celles d'entre nous qui sont douées de pensée, je vous propose de réfléchir à notre but commun : faire payer, le plus cher possible, son dû au Commodore.

Nagîna s'assit avec grâce sur ses talons et énonça calmement :

– Ma part est déjà fixée. Le Commodore me doit une perle.

La Larme de Lune

– Une perle… avec quelques intérêts, naturellement, ajouta Nagîna.

– Une perle !

– Quelle perle ?

– Pourquoi une perle ?

Nagîna leva une main apaisante.

– Je vais vous raconter son histoire. C'est aussi mon histoire et c'est un long voyage…

– Alors on va pas s'embarquer sans biscuits, l'arrêta Sylvine en ouvrant tout grand son panier.

Elle en sortit un vaste carré de toile à voile, l'étendit sur le sable humide et y disposa une terrine de lièvre, un rôti en gelée, un fromage de chèvre sec, une miche à la croûte dorée, un blanc-manger aux amandes, une tourte aux fruits confits, des assiettes et des gobelets en terre cuite, plus deux bouteilles de cidre bouché.

– Mais c'est un festin ! s'exclama Olympe. Sylvine, où as-tu trouvé ces denrées ?

– J'ai mis le Commodore à jeûner, ça lui soulage la tripaille.

Sylvine tira sa dague et tailla d'épaisses tranches de pâté, de rôti, de pain, les distribua à la ronde. Elle insista pour porter de plantureux casse-croûte à Raphaël et à Juba, puis, une fois les bouches et les gobelets pleins, s'installa confortablement pour écouter Nagîna.

– Chez moi les histoires commencent ainsi : Il était une fois, il est toujours... un petit royaume de sable, sur la rive occidentale du détroit d'Ormuz, là où le grand désert d'Arabie pousse sa corne dans l'océan Indien. Il n'abrite ni villes ceintes de remparts, ni cathédrales, ni forêts, mais des maisons aux murs de corail et aux toits de palmes. Il a pour richesses des palmeraies, des chameaux, de grands navires de teck et les immenses contrées qui s'étendent alentour. Car mon peuple est un peuple de bergers, de nomades, de pêcheurs, de commerçants... Depuis des générations nous connaissons la navigation sur l'océan et dans le désert, la science des étoiles et des planètes, la médecine...

– Comment un ramassis de bergers peut-il devenir un peuple de savants ? Je n'y crois guère ! interrompit Agathe en se coupant une large part de tourte.

– Tous ne sont pas savants, mais tous savent quelque chose : marteler le cuivre, modeler des pots de terre pour cuire la nourriture, conserver l'eau si précieuse... Et surtout, tous savent écouter – la voix de Nagîna s'imprégna d'un sourire espiègle sous son voile –, ainsi ils s'instruisent, grâce aux récits des voyageurs…

Agathe lui jeta un œil torve, tout en mastiquant bruyamment.

– Mon père, poursuivit Nagîna, possède des navires et des caravanes. Ses chameaux voyagent des semaines, chargés de bois d'encens, dans la fournaise du sauvage royaume de Yémen.

– D'encens ? Celui-là que l'curé fait brûler dans son encensoir et nous enfume avec à la messe de Pâques ? demanda Sylvine.

– Il use plutôt d'une poudre aromatique mêlée d'encens, car l'encens pur pèse son poids d'or, comme le poivre ou les clous de girofle ! Ces épices viennent du lointain Orient et les bateaux de mon père les rapportent de Perse et d'Inde.

– Les clous de girofle viennent de l'île de Java, aux antipodes, énonça distraitement Olympe, puis, s'apercevant que tous les regards convergeaient vers elle, elle s'étrangla avec une miette d'angélique confite. Enfin… Touss. Touss, je l'ai entendu dire. Touss, je crois…

– De l'archipel des Moluques, en effet, confirma Nagîna d'une voix songeuse. Mon père est un homme à qui la fortune sourit, loué soit Dieu. Je crois pouvoir dire que je suis… que j'étais son enfant préféré, bien que la seule fille parmi six garçons. Peut-être parce qu'il aime tant ma mère…

Le silence de son auditoire changea. Les mâchoires

cessèrent de remuer, les doigts de picorer distraitement. Agathe, surtout, se figea la bouche pleine.

– Dans sa jeunesse, ma mère était une splendeur dont la renommée s'étendait au-delà du golfe Persique. Aujourd'hui encore elle est d'une beauté remarquable, musicienne, poétesse, calligraphe, férue d'astrologie, d'art des gemmes, de...

– Ch'est quoi cha ? coupa Agathe qui n'avait toujours pas avalé.

– Une manière de soigner grâce aux pierres. Ainsi l'agate dont tu portes le nom est une pierre d'énergie, qu'elle soit rouge, bleue, verte ou dorée. On la recommande aux apathiques, aux déprimés. Toi, tu aurais besoin d'une opale qui apaise ta nature échauffée et...

– Bon, cha va, j'ai compris. Ch'est un truc de charlatan.

– Mademoiselle Agathe, laissez poursuivre l'histoire. Et buvez donc un coup ça fera couler votre tourte, intervint Sylvine en remplissant son gobelet.

– J'ai hérité de quelques talents de ma mère...

– Chi ch'est la beauté, on l'chaura jamais !

– Chuuuuttt, intimèrent Sylvine et Olympe à l'unisson.

– ... et grâce à elle, et à l'amour de mon père, je reçus une éducation exceptionnelle. Juba, qui veille sur moi depuis toujours, m'apprit à monter à cheval, à tirer à l'arc, à chasser au faucon... C'étaient des temps heureux...

Après un silence mélancolique, Nagîna reprit :

– À la troisième lune de l'année 1109 de l'hégire, père annonça qu'il était temps de procéder à mon mariage, une union déjà convenue à ma naissance.

– On marie donc les bébés, chez vous ? s'indigna Agathe.

– Je suis moi-même fiancée depuis l'âge de dix ans, remarqua Olympe. Et m'en trouve fort aise.

– Fouchtra de quenouille ! Quelle godiche !

– Chuuut !

– J'étais alors promise au cheik d'une puissante tribu voisine. Je ne l'avais pas encore vu et, plût à Dieu, ne le verrai jamais de ma vie ! Cette nuit-là, je reçus en dot bien des richesses. Des soieries, des bijoux d'or, d'argent, de turquoise, des coffres d'épices, des chevaux, des chameaux… Mais rien n'était comparable au présent de ma mère. Elle me donna le trésor le plus cher à son cœur, celui que sa mère avait reçu de sa mère, et elle-même de sa mère, et ainsi d'aussi loin que porte la mémoire de notre famille. Elle m'offrit l'Unique. L'Inestimable. Elle m'offrit la Larme de Lune.

Les pirates

– Savez-vous comment naissent les perles ?

Olympe ouvrit la bouche puis se ravisa. Nagîna poursuivit.

– La légende dit que, certaines nuits, la lune pleure à contempler la douleur des femmes. Parfois, une de ses larmes tombe du ciel dans la mer, coule et se dépose sur la nacre d'une huître ouverte. Le coquillage se referme aussitôt et garde ce trésor jusqu'au jour où un plongeur courageux l'arrachera aux profondeurs. La perle pourra alors consoler une femme en ornant son cou, ses bras ou ses cheveux…

Il y a bien longtemps, un de mes ancêtres pêcha la Larme de Lune et y laissa la vie. L'huître qui l'abritait était si grosse et si lourde qu'il revint épuisé à la surface. Ses compagnons arrachèrent la pince d'écaille de tortue qui fermait ses narines, le secoururent de leur mieux. Mais il rendit son dernier souffle, les suppliant d'apporter le coquillage à sa jeune épouse, en gage d'amour.

De son poignard, Nagîna piqua une belle amande émondée dans le blanc-manger.

– Lorsque la veuve ouvrit l'huître géante, elle y trouva une perle parfaite, de la taille et de la rondeur de ce fruit. Sa nacre, du plus bel orient, a la transparence d'un ciel d'aurore, blanc argenté, rose crémeux, gris bleuté... Son lustre est tel qu'elle reflète celui qui la regarde. On dit que les cœurs impurs y voient leur mort...

– Combien vaut-elle ? s'exclama Agathe.

– La Larme de Lune honorerait la couronne des plus grands souverains d'Europe, mais pour moi, elle est sans prix.

– Vertudjû ! jura Agathe. Un joyau pareil entre les pattes de ce corniaud de Commodore !

Sylvine et Olympe échangèrent un regard consterné.

– Non point dans ses mains..., lâcha Sylvine, plutôt sur son poitrail...

Nagîna se raidit.

– Ce porc immonde porte ma perle contre sa peau ?

– Nous ne l'avons pas vraiment vue, précisa Olympe. Mais chacun sait que le Commodore conserve un trésor à son cou, dans une petite bourse de cuir retenue par une chaîne. Il l'appelle « mon talisman » et ne l'ouvre jamais en présence d'autrui.

– Ce collier est en bronze et à peine plus mince qu'la chaîne d'ancre de *La Gorgone*, ajouta Sylvine. Pour lui ôter, faudra lui couper la tête.

– Avec plaisir, murmura Nagîna.

Elle ficha son poignard dans le sable. L'amande se brisa en mille éclats.

– Comment le Commodore s'est-il emparé de ta perle ? interrogea Agathe.

Nagîna eut un profond soupir.

– Avant mon mariage, j'ai voulu accomplir le grand devoir des croyants, le pèlerinage aux villes saintes de Médine et de La Mecque. Du pays de mon père, on peut les atteindre par le sable ou par l'eau. Chaque voie a ses dangers : la chaleur et la soif, les tempêtes et les pirates… Ma mère interrogea les étoiles sur le chemin le plus sûr et n'en reçut aucune réponse, à sa grande inquiétude. Alors, mon père choisit pour moi le boutre le plus rapide de sa flotte et le confia à Omar, son meilleur pilote. J'embarquai avec Juba sur ce grand navire battant pavillon rouge à croissant d'argent, chargé de dattes, de riz, d'or, d'épices, d'encens… D'autres pèlerins se joignirent à nous. Certains étaient fortunés, d'autres misérables, mais tous avaient le cœur empli de pieuse allégresse.

– Ton Dieu semble aussi digne de confiance que le nôtre, remarqua Agathe. Voilà qui pourrait mettre d'accord les infidèles de tous bords !

Sylvine lui fit les gros yeux, Olympe pinça les lèvres, mais Nagîna était hors d'atteinte, voguant sur la mer de ses souvenirs, au large des côtes d'Arabie.

– L'attaque eut lieu au soir du cinquième jour. Accablés de chaleur, nous dormions sur le pont lorsque les cris des vigies nous éveillèrent. Un navire grossissait rapidement à l'horizon. Nous vîmes bientôt trois hauts mâts chargés de voiles noires. Omar changea de cap pour trouver refuge au port d'Aqaba. Mais la terre était toujours une mince ligne à l'horizon quand *La Gorgone* arriva sur nous. Comme le soleil s'engloutissait dans la mer, le premier boulet de canon abattit notre mât. Le second fracassa notre étrave. Les crocs d'abordage mordirent le bastingage. La bataille fut aussi brève que sanglante. D'un nuage de fumée les pirates jaillirent, hurlant comme des possédés. Ils sautèrent sur le pont du boutre, sabre en main, Commodore en tête. Les marins qui résistèrent furent tranchés en deux. Des pèlerins, à genoux, imploraient pitié. Mais les pirates égorgèrent les hommes et les vieillards, les dépouillèrent alors même qu'ils rendaient l'âme. Le pont était noyé de sang. Ils jetèrent les femmes à l'écart, en un tas sanglotant, pour s'en occuper plus tard…

Juba et moi, nous étions cachés derrière un monceau de sacs de riz avec le fol espoir d'échapper au carnage. Je serrais à ma ceinture une bourse avec mes biens les plus précieux. Mais, soudain, le feu prit à l'avant du bateau. L'incendie se propagea aux cordages, aux voiles… L'air s'emplit de flammèches, nos cheveux, nos vêtements s'embrasaient. Il fallut quitter notre refuge. La mer nous apparut comme une dernière chance. Nous escaladâmes le plat-bord. Les sillages phosphorescents de nageoires de squales zébraient l'eau noire…

– Quelle horreur ! gémit Olympe.

– Cette mort-là était la plus rapide et la plus douce.

Nous sautâmes ensemble. À l'instant où mes pieds quittaient le pont, je fus tirée par ma ceinture et m'affalai, le souffle coupé. Le Commodore me toisait avec la cruauté d'un chat qui surprend un oiseau blessé… À son poing se balançaient ma ceinture, ma bourse, ma Larme de Lune ! J'ai bondi, sa main s'est accrochée dans mes cheveux. Il a offert ma gorge au poignard. J'ai hurlé.

Un grand frisson secoua la jeune femme. Ses compagnes la considéraient, immobiles, bouche bée. Agathe se pencha et, avec une douceur inattendue, effleura la main crispée de Nagîna.

– Ensuite, que s'est-il passé ? murmura-t-elle.

Lentement, Nagîna fit glisser son voile noir, dénoua un lien sur sa nuque et son masque tomba.

La cicatrice

La lumière dorée de l'après-midi souligna un instant le profil de la jeune femme. Des lèvres pleines et tendres, un nez busqué, un front pur ourlé du jais des cheveux noirs, un sourcil arqué en aile d'hirondelle. Ses compagnes esquissèrent un sourire, le cœur ravi de tant de grâce. Nagîna tourna la tête.

– Seigneur ! Pauvre petite…, souffla Sylvine.

Olympe se détourna en ravalant un sanglot. Agathe, pétrifiée, ne pouvait détacher ses yeux du beau visage ravagé. Le sabre du Commodore avait tranché la joue droite de Nagîna de l'oreille jusqu'aux lèvres. La lame avait glissé le long de sa mâchoire, laissant quelques dents découvertes en un étrange rictus. Leur émail blanc brillait sur la chair veinée d'écœurantes teintes lie-de-vin, cicatrisée comme un tissu froissé.

– Le Commodore ne sera pas assez riche pour payer son dû, murmura Agathe.

– Alors il souffrira, répondit posément Nagîna.

Elle replaça son masque, remit son voile.

– Comment vous êtes-vous sauvés ? demanda Sylvine.

– Grâce à Omar, le pilote. Bien que gravement blessé, il réussit à lancer un poignard au Commodore dont le sabre dévia... Un tel flot de sang jaillit de ma blessure que le forban me laissa pour morte. Dès qu'il s'éloigna, pourtant, je me traînai sur le pont. De mes dernières forces j'agrippai le bastingage et basculai par-dessus bord. Je m'évanouis avant même de toucher l'eau.

– Et les squales ? s'inquiéta Olympe.

– Dieu ne nous avait pas abandonnés. Parmi les multiples débris tombés à la mer, Juba put se saisir d'un baril et d'une écoutille. Allongé sur le panneau de bois, il m'enfourna dans le tonneau et nous nous laissâmes dériver, tandis que les requins s'arrachaient les corps, morts ou vifs, jetés à l'eau. Le Ciel nous fut miséricordieux car le vent et les courants portaient vers la terre.

– Sauvés ! se réjouit Olympe.

– Hélas, point encore... Nous échouâmes sur une côte désertique, sans eau, sans nourriture, ni abri. J'avais perdu énormément de sang, ma blessure s'infecta. Je fus prise de fièvre et de délire. Alors Juba fit du feu et, de la lame de son coutelas chauffée à blanc, cautérisa ma plaie.

Sylvine grimaça. Olympe blêmit. Agathe avala sa salive.

– De ces moments terribles, je n'ai que le souvenir de la douleur, inhumaine, hachée de brefs répits d'inconscience. Juba mâchait des algues qu'il trouvait sur le sable, m'en faisait boire le jus. Nous serions morts si des pêcheurs n'avaient aperçu notre feu. Ils nous menèrent à leur campement, nous abritèrent à l'ombre de leurs tentes et nous offrirent leur pauvre nourriture. Juba me veillait jour et nuit. Peu à peu, la fièvre céda. Je repris lentement des forces. Un jour, je voulus voir mon visage. Je demandai son poignard à Juba, en guise de miroir. Il résista longtemps, mais dut m'obéir.

Nagîna lissa quelques instants le sable devant elle, du plat de la main. Ses compagnes attendirent en silence.

– D'abord, je voulus achever l'œuvre du Commodore. M'enfoncer ce couteau dans le cœur. En finir, puisque j'étais morte à ma vie.

– Non, il ne faut pas penser cela ! s'exclama Olympe. Vous retrouverez vos parents et…

– Jamais !

– Mais… pourquoi ? Ils vous cherchent certainement !

– Jamais, répéta Nagîna, implacable. J'étais la fierté de mon père. Il m'a donné le nom de Nagîna, « Diamant », en souhaitant que je brille comme les mille facettes d'une pierre précieuse. Je ne me présenterai pas déshonorée devant lui, avec cette face hideuse. Mes parents ont pleuré ma mort, ils ont porté le deuil de la jeune fille que j'étais et ne serai plus. C'est fini.

La Gorgone

– Pourtant tu as choisi de vivre, remarqua Agathe.

– La vengeance, murmura Sylvine.

– La vengeance, admit Nagîna. Je me suis juré de retrouver cette vermine, de lui arracher ma perle et une fortune assez grande pour adoucir ma vie d'exilée. Ce monde est impitoyable pour les femmes laides... surtout si elles sont pauvres !

– Et comment obtiendras-tu du Commodore qu'il t'ouvre ses coffres ? ironisa Agathe. En lui faisant boire un philtre d'obéissance ?

– J'y ai songé... Ma mère m'a confié les secrets de nombreuses drogues. Au désert je me suis soignée avec des herbes et de la poudre de roches.

– Pfeuh, fit Agathe en haussant les épaules. Il faudra trouver mieux !

– Comment êtes-vous parvenus jusqu'ici ? interrogea Olympe. La côte d'Aqaba est sur le tropique du... enfin... est fort lointaine !

– Un jour, je fus assez forte pour marcher. Juba et moi sommes partis vers le nord, guidés par les étoiles.

Agathe ne put cacher son admiration.

– Tu es venue à pied depuis la Barbarie ?

– À pied, en bateau et à cheval, car c'est un long voyage. D'abord, nous nous sommes joints à une caravane chargée de sel qui traversait le grand désert du Sahara, jusqu'à Alexandrie. Pour nous nourrir, je vendais mes services de guérisseuse et Juba accomplissait des travaux de force. Un jour, je fus mandée par un seigneur ottoman, dont le fils aîné se mourait d'une fièvre. Je sauvai l'enfant et son père me paya largement d'or. Il m'offrit aussi un bel étalon gris et un solide hongre pour Juba. Un navire marchand en partance pour la France nous prit à son bord. Arrivés à Marseille, nous longeâmes la côte vers l'occident, quêtant la trace du Commodore dans chaque port, le long des cales, dans les bouges...

Je désespérais de retrouver sa trace quand, un soir, un marin se présenta à moi. Pour tout discours, il souleva péniblement sa vareuse de ses mains affreusement déformées et me montra son dos. Ce n'était qu'une plaie purulente, grouillante d'asticots. Le malheureux m'expliqua que, l'ayant surpris à dormir pendant son quart, son capitaine le fit suspendre par les pouces au grand mât de *La Gorgone* et fouetter jusqu'à ce que sa chair pende en lambeaux. Au nom de *La Gorgone*, mon sang se figea. Je revis l'épouvantable figure de proue des pirates : une femme aux cheveux de serpents, les babines retroussées sur des défenses de sanglier. Ses mains sont des griffes d'aigle et ses ailes immenses enserrent l'étrave du navire... J'ignore d'où le Commodore a tiré un tel monstre !

– Des Enfers, murmura Olympe. Les Gorgones étaient les filles du géant Typhon, si laides que ceux qui apercevaient leurs visages en restaient pétrifiés.

– Un peu comme moi alors, soupira Nagîna.

– Vous voilà bien savante, chère baronne, pointa Agathe d'un ton suspicieux.

Olympe rougit telle une cerise.

– Nous avions des livres... au couvent. J'en garde quelques souvenirs. Mais c'est confus et...

– 'vous laissez pas intimider, mademoiselle Olympe, coupa Sylvine. J'aimerais bien en savoir autant que vous. Moi qui ne sais point lire et encore moins écrire !

– Et à quoi diable cela te servirait-il ? gronda Agathe. À t'emmêler la tête avec des idées compliquées, voilà tout.

– Moi, je crois que le savoir sert la liberté des femmes, dit Nagîna.

– Moi, je crois que la liberté s'impose par l'épée, répliqua Agathe.

– Mais... être libre... est-ce décent pour une femme ? interrogea Olympe. Sans un mari pour la guider et la protéger, elle...

– Décent ? s'égosilla Agathe. Tudieu ! Qu'est-ce qui est décent ? De courber le front devant un barbon qui choisit une épouse comme le maquignon achète une pouliche ?

Olympe s'empourpra.

– Un mariage d'amour…

– L'amooouuur ! Voilà bien une ânerie !

Un sifflement coupa court à la dispute. La silhouette de Raphaël se dessina à contre-jour à l'entrée de la caverne.

– 'mande pardon, mesdames, mais on vous entend conspirer depuis le fond du bois.

– Ventre-saint-gris ! Nous parlons à notre guise ! s'emporta Agathe.

– Avec ça, la marée monte et le temps change, ajouta Raphaël sans s'émouvoir. Il faut partir.

– Encore quelques instants, je vous en prie, minauda Olympe en battant des paupières. Nous aimerions tant que Nagîna achève son récit.

Raphaël croisa le regard furibond d'Agathe. Il lança à la cantonade, soulignant sa réponse d'une révérence moqueuse :

– Vos désirs sont des ordres…

Agathe aurait juré qu'il éclatait de rire en s'éloignant sur la grève.

– Trop heureux de maudire le Commodore, reprit Nagîna, le marin blessé était intarissable sur sa rapacité, sa cruauté, sa fourberie. Il parla même de son repaire en pays de Saintonge, où *La Gorgone* est carénée entre deux expéditions au long cours. Dans l'heure qui suivit, Juba et moi galopions à bride abattue vers la côte atlantique. Sûrs de leur force, les pirates ne sont guère méfiants, ici. Ce fut un jeu d'enfant de trouver l'antre du Commodore, puis un passage à travers la falaise et de m'y glisser suspendue à une corde…

– Pour m'y faire une peur bleue ! assura Olympe. Quel effroi, ces lames apparues dans l'ombre ! Mais aujourd'hui, je remercie la Providence de vous avoir placées sur mon chemin.

– Moi aussi, jarnidieu ! Bien que, plus souvent qu'à votre tour, vous m'échauffiez les nerfs, grinça Agathe.

– Ces demoiselles devront aussi conter leur histoire, intervint Sylvine.

– Ah, la mienne est une épouvantable tragédie d'amour, soupira Olympe avec des larmes dans la voix.

Agathe leva les yeux au ciel.

– Voilà qui nous promet un récit guilleret… Maudites soient les pleurnicheuses ! Pour ma part, sachez que je venge un affront fait à mon père.

Devant le silence interrogatif de ses compagnes, elle ajouta sèchement :

– Le reste ne regarde que moi.

– Nous saurons nous en satisfaire, concéda Nagîna. Mes amies, dans deux jours, à marée basse, retrouvons-nous ici. Que chacune réfléchisse à un piège mortel…

La carène

La longue-vue vissée à l'œil, aussi immobile que les arbres qui l'entouraient, le Commodore surveillait ses matelots au travail. Il se tenait au bord d'une anse étroite, au fond vaseux, cachée du large par une vaste pinède. *La Gorgone* reposait légèrement inclinée sur tribord, étayée par des troncs de résineux. Le long des flancs de la frégate les marins s'activaient au carénage. Ou du moins en avaient-ils reçu l'ordre. Les doigts épais du Commodore ajustèrent la longue-vue afin d'observer plus précisément un gabier à la bedaine épanouie et à la barbe rousse. Accroupi près d'un feu, il avait posé son maillet de calfat et faisait rôtir quelque oiseau embroché sur une baguette de bois vert. Le Commodore distinguait son regard avide, la salive sur son menton.

Le pirate grogna, replia sèchement sa lunette et se dirigea d'un pas chaloupé vers la grève.

À sa vue, le chantier redoubla d'activité. Les charpentiers cessèrent de siffloter pour clouer et scier avec une ardeur nouvelle. Les matelots qui, suspendus par des cordages débarrassaient la coque des bernacles, firent jaillir des pluies de coquilles. Les calfats, chargés de bourrer filasse et poix entre les lames disjointes, pressèrent les mousses à grand renfort de jurons.

Son tricorne enfoncé jusqu'aux yeux, le Commodore alla droit au matelot bedonnant, tout à son festin. Il abattit une poigne d'acier sur la nuque de l'homme. Le gabier lutta pour se redresser, mais trop tard.

– SILENCE, FILS DE CHIEN ! fulmina le Commodore, en traînant l'homme à genoux vers un chaudron de poix noire et fumante.

Tout bruit cessa. Seul le gabier mangeait la consigne et gémissait de terreur. Le Commodore lui inclina inexorablement la tête vers la marmite.

– Entrez ça dans vos caboches de bons à rien : voilà la paye des tire-au-flanc !

La face rouge brique, le matelot hurla. D'un coup sec, le Commodore lui plongea le visage dans le liquide bouillonnant. Il y eut un long grésillement qui fit sourciller les plus endurcis. Le corps du gabier se contorsionna horriblement puis s'affaissa, renversant la marmite. La poix s'embrasa et encercla le cadavre d'un mur de flammes puantes. Le capitaine épousseta sa manche que déparaient quelques cendres et releva les yeux vers ses marins pétrifiés. Une frénésie de travail acharné, qui dura jusque tard dans la nuit, s'empara aussitôt de tout l'équipage.

Le Commodore poursuivit son inspection minutieuse. Il vociféra des ordres, des contre-ordres et les annula. Il botta, çà et là, quelques derrières. Il vérifia le travail des charpentiers sur les hautes murailles de chêne de la coque. Il piqua son coutelas dans le bois de l'étrave, du gouvernail et des bordées afin d'en éprouver la résistance. Il escalada l'échafaudage sommaire sur lequel un marin rafraîchissait l'effrayante figure de proue à la peinture d'or. Il scruta le travail du malheureux dont la main tremblait d'effroi et l'accusa de faire des dégoulinures.

Le Commodore haïssait ces moments où *La Gorgone* gisait échouée sur la plage, à la merci d'une attaque. L'humeur sombre, il escalada l'échelle de coupée pendue le long de la coque et enjamba le bastingage. Le pont avait une gîte inhabituellement stable vers tribord, mais rien qui puisse gêner le vieux loup de mer. Arpenter le pont de son navire le réconforta quelque peu. Il avança jusqu'au gaillard d'avant, où d'autres marins réparaient une vergue de misaine, revint vers la poupe, le nez dans la mâture. Puis il descendit lestement par l'écoutille du gaillard d'arrière. Une lumière chiche pénétrait par les sabords entrouverts et soulignait les affûts de canons soigneusement arrimés.

Devant la porte du capitaine, deux matelots étaient pétrifiés en un garde-à-vous irréprochable. Le Commodore les congédia d'un geste et pénétra dans sa cabine. Il barra le vantail d'une épaisse solive glissée dans des arceaux de fer et tira les rideaux des deux croisées ouvertes dans le château arrière. Il battit le briquet, alluma les bougies d'un chandelier d'argent.

Il s'approcha d'un placard presque invisible dans la paroi lambrissée d'acajou, tourna la clé restée dans la serrure et ouvrit en grand les deux battants. Des dizaines de gilets, de redingotes, d'habits et de manteaux étaient suspendus là. Le Commodore les écarta sans bruit, glissa la main le long de la tringle. Un petit levier de laiton bascula avec un déclic imperceptible. Le fond de la garde-robe coulissa sans effort, dévoila les membrures de la coque. Le pirate glissa son bras par l'ouverture et tâtonna dans la cachette. Comme prévu, ses doigts rencontrèrent la surface rêche de sacs de toile gonflés à craquer. Sa part officielle de capitaine – un dixième de toutes les prises – était à l'abri dans l'énorme coffre de fer déménagé à bras d'hommes jusque dans sa grotte. Mais dans ce double fond, connu de lui seul depuis qu'il avait noyé le menuisier, le Commodore conservait des à-côtés raflés au cours d'une longue vie de pillage et convertis en bel or sonnant et trébuchant. C'était sa poire pour la soif. Son sauf-conduit. Une cagnotte pour les imprévus, comme qui dirait.

Le Commodore revint à pas lents, l'œil vague, vers son repaire. D'un autre que lui, on eut pu dire qu'il était songeur… Un trot vif sonna sur les cailloux du chemin, et bientôt une carriole apparut sur la lande. Le visage du Commodore s'éclaira en reconnaissant sa baronne et sa cuisinière. Les deux femmes étaient plongées dans une conversation animée et ne le virent qu'au dernier instant. Elles se figèrent aussitôt. Le Commodore se campa en plein milieu du chemin, jambes écartées, bras croisés. Sylvine tira sur les rênes de toutes ses forces. Le baudet freina des quatre fers et renâcla quand la carriole lui percuta l'arrière-train.

– Bonne promenade ? s'enquit le Commodore d'une voix de stentor.

– Excellente, répondit Sylvine, enjouée. J'vous ai déniché un tourteau ! C'est-y pas beau ?

– Et vous, Madame, vous voilà aérée ?

Les yeux rivés au sol, Olympe hocha la tête. Ses cheveux blonds voletaient hors de la capeline. Le grand air et l'excitation lui rosissaient délicieusement les joues. Charmé, le Commodore vint la regarder sous le nez. Elle ne put retenir un frisson. Il sourit de toutes ses dents, qu'il avait fort noires et cariées.

– Ma chère, retrouvons-nous à ma table ce soir, annonça-t-il avec un rond de jambe goguenard.

– Votre invitation…, commença Olympe du bout des lèvres.

– … est un ordre, trancha le capitaine. D'ici là, tâchez de retrouver votre sourire sinon…

Il claqua si fort la croupe du baudet que ses jarrets ployèrent. Benèze sauta en avant, emportant les deux femmes cramponnées à la carriole brinquebalante. Le rire gras du rufian les escorta jusqu'à l'entrée du repaire.

Le souper

– Le monstre ! Le faquin ! Le vil ! Le…

Olympe, ayant épuisé son maigre répertoire d'injures, trépigna de frustration.

– Ventre-saint-gris, si j'étais un homme, je l'écorcherais vif ! cracha-t-elle soudain.

Sylvine leva un sourcil surpris.

– Eh ben ! C'est-y de fréquenter Agathe La Boissière qui vous fait c't'effet ?

– Pardonne-moi, murmura Olympe en rougissant. Ce misérable me fait perdre l'esprit !

– Vous méprenez point, Mademoiselle, j'vous préfère enragée que résignée, chuchota Sylvine à son tour.

– Comment échapper à ce dîner ? Ne pourrais-je feindre un malaise ?

Sylvine fit la moue.

– Pas si on veut lui faire accroire que l'air pur vous soigne.

– Seigneur, cet homme me terrifie ! Pris de boisson, il est capable du pire…

– Je s'rai prête à vous secourir, la rassura Sylvine. Mais de vot'côté, il faudra jouer la fine mouche, tâcher de l'enjôler. Un homme, c'est un peu comme un ours : un pot de miel, un anneau dans le nez et danse que tu danses !

Olympe parut désemparée.

– Mais je ne sais rien de ces agaceries ! Je suis tombée aux mains du Commodore en quittant le couvent ! Je n'ai fait qu'échanger une geôle contre une autre, et pire encore. Dire qu'avec mes compagnes nous nous plaignions de la sévérité des sœurs et de la rudesse de la vie à l'abbaye… Que nous étions innocentes…

Elle s'effondra sur son lit, le visage dans les mains, secouée de gros sanglots. Sylvine la releva doucement et la serra dans ses bras.

– Allons, vous gâterez vos yeux à tant pleurer ! Que dira m'sieur de Roquelaure quand il verra vot'mine chiffonnée ?

Olympe se tamponna les paupières.

– Dois-je vraiment garder espoir que Pons me délivre de cet enfer ?

– Vot'comte semble point homme à laisser enlever sa promise sans remuer ciel et terre ! J'vous gage que d'ici la Noël les cloches sonneront un beau mariage !

– Que le ciel t'entende…

– Et puis, ma petite demoiselle, si y vient pas, c'est p'têt vous qu'irez le trouver ? Et la tête haute encore ! Vous êtes plus seule à c't'heure...

Cette idée fit naître un sourire sur les lèvres de la jeune fille. Affermie d'une résolution nouvelle, elle arracha sa capeline poussiéreuse.

– Sylvine ! Un bain chaud, je te prie ! Et mes fards aussi ! Je porterai la robe à entournures, celle au bustier cœur-de-pigeon. Puisque ce manant exige une baronne à sa table, qu'il mesure son audace !

– Voilà qui est mieux ! se félicita Sylvine.

Elle s'empressa vers sa cuisine, distribuant généreusement des corvées d'eau douce et de bois sec aux matelots qu'elle croisait.

Le Commodore se versait une rasade d'excellent rhum de la Jamaïque lorsque la baronne d'Avremont de Haussy se présenta pour souper.

Le rideau de la grotte tenant lieu de salle à manger fut lentement écarté par le Cramé qui, à reculons, s'effaçait devant l'invitée. La métamorphose était stupéfiante. La jolie jeune fille timide avait cédé la place à une femme altière, sûre de ses attraits. Les fards agrandissaient ses yeux, sculptaient ses pommettes, ourlaient sa bouche. Elle portait une somptueuse robe de brocart rouge qui s'évasait en une traîne princière. Le bustier d'organdi soulignait la finesse de sa taille. Le décolleté pigeonnant rehaussait sa poitrine, voilée d'une étole de mousseline pourpre. Sa chevelure, enfin, était relevée en une architecture délicate de bandeaux et de tresses qui dégageait sa nuque et son cou gracile. Sur ce casque d'or était posé un unique bijou : un diadème de rubis qui valait une frégate.

Le pirate en resta saisi. Il tint la bouteille glougloutante au-dessus de son gobelet bien après que celui-ci fut rempli. Olympe se laissa contempler, aussi indifférente aux regards que le Soleil ou la Lune.

Le Commodore revint à lui lorsque le rhum trempa son pantalon. Il se sentit un instant attifé de bric et de broc face à l'élégance faite femme, puis son naturel rustique reprit le dessus.

– Bigre, Madame, je...

– Mademoiselle, soupira Olympe.

– Foutr... heu... Certes ! Mademoiselle, votre beauté est un, une... vot' beauté me submerge !

– Commodore, venant d'un homme qui dompte les flots, je prends cela en compliment, répondit-elle avec un sourire indéchiffrable.

– C'en est un, c'en est un ! s'empressa le pirate en se promettant de réfléchir à la question plus tard.

Un ange quelque peu imbibé de rhum passa. Le Commodore s'avisa alors qu'il était assis et que sa noble invitée attendait, debout, qu'on lui offrit un siège. Il se leva brutalement, bouscula son fauteuil, renversa son verre et hurla :

– Le Cramé, singe borgne ! Un siège pour la baronne !

Le Cramé surgit aussitôt de derrière le rideau, un tabouret à la main.

– Un fauteuil pour madame, bouseux !

La baronne resta de marbre jusqu'à ce qu'on lui avance le siège adéquat. Elle s'y assit avec grâce.

– Ne leur tenez pas rigueur, y-z-ont point l'habitude du grand monde, s'excusa le Commodore.

– Naturellement. On ne trouve plus guère de domestiques convenables, compatit la baronne.

– Naturellement, confirma le pirate. Un doigt de gnôle, ma chère ?

– J'eus préféré quelque vin doux…

– Naturellement ! Le Cramé !

Ce fut Sylvine qui apparut, chargée d'un flacon à long col, de deux gobelets d'étain, d'un pâté en croûte et de charcutailles.

Le Commodore s'empara du flacon, versa deux rasades bien tassées et leva son verre :

– Mademoiselle, je bois à votre gracieuseté. Ce soir, plus que jamais, je me félicite de vous avoir enlevée !

Olympe accusa le coup, mais cacha bravement son émoi. Elle trinqua même avec le pirate, trempant ses lèvres dans le liquide rosé tandis que le Commodore vidait son gobelet cul sec. Il claqua de la langue, fit la grimace et ronchonna :

– Voilà bien de la pisse de chat !

– Que nenni, protesta Olympe. Je le trouve rafraîchissant et fruité, en parfait accord avec le pâté. Vous avez fait un choix exquis.

Le Commodore, flatté, n'osa point la contredire et se resservit à ras bord. Sylvine, impassible, riait intérieurement. Oui da, la piquette était rafraîchissante ! Un quart de jus de raisin pour trois quarts d'eau… Le Commodore, qui n'en buvait jamais, en ignorait jusqu'au goût. Avec ça dans le gosier, il garderait la tête froide, bon gré, mal gré.

– Vous avez enfin décidé d'honorer mes cadeaux ! reprit le pirate. J'en suis fort aise !

– C'est en effet un bijou de belle facture, approuva Olympe, l'air enjôleur.

Il tendit un index vers le diadème qui rutilait à la lueur des chandelles mais un éventail de soie, surgi d'on ne sait où, dévia son doigt d'un coup sec. Un instant interloqué, le Commodore s'esclaffa en frappant son énorme cuisse.

– Pourtant y m'a pas coûté cher ! J'en ai dépouillé un capitaine portugais qui rentrait du Brésil, chargé comme une mule d'or et de joyaux. J'y ai tout raflé avant de l'envoyer par le fond.

– Alors son trésor ne lui manque sans doute pas, remarqua Olympe avec un petit rire.

– HA HA HA, ça pour sûr !

Le forban, ravi de la tournure du souper, remplit son verre et le vida d'un trait.

– Pour ma part, j'avoue un faible pour les perles, glissa Olympe d'un ton badin, elles s'accordent si bien au teint des blondes.

Le Commodore se toucha instinctivement la poitrine. La perle de Nagîna est bien là, pensa aussitôt Olympe. Le regard du pirate se fit méfiant, mais elle le laissa sonder ses grands yeux bleus où il ne trouva que parfaite innocence. Rassuré, il approcha son fauteuil et enveloppa la jeune femme de son haleine puante.

– Des perles, ma baronne, j'en ai de bien rondes…, fit-il d'un air salace. Aimeriez-vous les admirer, dans mes appartements privés ?

Olympe ferma son esprit aux odeurs et aux pensées répugnantes et parvint à susurrer :

– Commodore, vous me gâtez !

– Non, ma chère… je… vous…

Le visage du pirate prit une couleur crête de coq qui n'annonçait rien de bon. Soudain, sa patte calleuse aux phalanges poilues s'abattit sur la main menue d'Olympe. Il la porta à sa lippe et l'embrassa goulûment.

– Avez-vous grand-faim ? demanda alors une voix affable.

Un plat hérissé de pinces de crabe s'interposa entre eux, accompagné d'une jatte de crème à l'ail et d'une miche de pain bis. Le Commodore allait protester quand le fumet du court-bouillon frappa ses narines. Olympe en profita pour dégager ses doigts et les essuyer discrètement dans les plis de sa jupe.

– Et le vin blanc ? réclama le Commodore en broyant une pince d'un coup de dent.

– C'est mauvais pour vos boyaux, protesta Sylvine.

– Va le quérir !

– Vous viendrez pas vous plaindre tantôt !

– Du muscadet ! Au trot ! intima le Commodore. Allez-y, ma baronne, mangez tout votre soûl ! La bonne chair que mange la femme profite à l'homme !

Olympe rougit jusqu'à la racine des cheveux. Son regard éperdu croisa celui de Sylvine qui lui rendit un clin d'œil apaisant. Elle fit l'effort de porter quelques miettes de pain à ses lèvres en doutant de parvenir à les avaler.

Le Commodore, lui, avait tiré son coutelas et fouaillait la carapace du crabe à la recherche de laitance couleur corail. Sa barbe était déjà parsemée de débris de chair, la crème à l'ail brillait jusque dans ses oreilles. Dès que Sylvine quitta la grotte, il se pencha vers la jeune femme.

– J'vais vous faire une confidence, annonça-t-il la bouche pleine. J'pensais tirer de vous une belle rançon, mais on pourrait plutôt s'prendre du bon temps, pas vrai ?

Olympe s'étrangla.

– Vous ne songez pas… Vous… Moi… ?

– Ouiche, confirma le pirate, en s'essuyant d'un revers de manche.

– Mais… Oh, Seigneur ! C'est impossible ! Je suis déjà fiancée !

– Et vous croyez que le godelureau se languit de vous ? Fariboles ! V'là belle lurette qu'il a oublié vot'nom. HA HA HA HA ! C'est comme mon Portugais, son trésor lui manque pas !

Il avança vers elle ses lèvres grasses, en un semblant de baiser mouillé qui projeta des miettes de crabe alentour.

Olympe glissait de son fauteuil, pâmée, lorsque Sylvine revint avec le muscadet. Pour cueillir la baronne au vol, elle lâcha la cruche qui se brisa.

– De la délicatesse, vingt dieux de bordille ! éructa le Commodore. J'en ai qu'un tonneau de ce pinard-là !

La salle d'armes

La Sarcelle arriva en vue de La Rochelle au soir tombé, juste avant que les hommes d'armes ne barrent l'entrée du port d'une énorme chaîne de fer. Il fallut toutefois montrer patte blanche au garde en faction à la tour Saint-Nicolas. Sous petite voile, *La Sarcelle* louvoya entre les gabarres, les yoles et quelques frégates qui encombraient le havre et rejoignit les autres barques de pêche. Agathe sauta à terre dès que le quai fut assez proche. Elle n'avait pas prononcé une phrase entière depuis la conche des Yeuses.

Excédé, Raphaël cria au dos qui s'éloignait :

– À la revoyure ! Et merci pour la course en mer !

Agathe se retourna, l'air absent, agita vaguement la main.

– Oui, oui, à demain matin, pour la marée.

Et elle s'en fut à grandes enjambées, son fourreau lui battant les mollets. Raphaël retourna à ses amarres en maugréant.

Agathe, inconsciente de l'agitation du port, n'entendit rien des cris des mareyeuses qui bradaient leurs fonds de panier, des rires forcés des filles de joie, des rixes de matelots avinés débordant des tripots. Huit heures sonnaient à la Grosse Horloge quand elle franchit la poterne qui séparait le port de la vieille cité fortifiée. Elle se faufila entre les charrettes et les passants, s'empressa dans le lacis des rues étroites, bordées de maisons à pans de bois. Parvenue à la rue du Pas-du-Minage, elle se recula dans un coin d'ombre, sous les arcades, face à une demeure qui témoignait d'une opulence surannée. Au rez-de-chaussée, en calcaire blanc de Crazannes, s'ouvraient deux portes. L'une, monumentale, était surmontée d'une enseigne de fer grinçant dans la brise du soir. Agathe plissa les yeux pour discerner les deux épées croisées qui indiquaient la salle d'escrime. Bientôt la rouille et les embruns salés les rendraient méconnaissables. Soudain elle s'avisa que l'étage de la maison, aux colombages recouverts d'ardoise, était plongé dans l'obscurité.

Agathe serra les poings, traversa la ruelle et entra chez elle.

Elle parcourut un couloir glacé et surgit dans une immense cuisine emplie d'ombre. Dans la cheminée de taille à rôtir un bœuf, quelques braises se mouraient sans donner ni lumière ni chaleur. Vautrée à une table bancale, une vieille femme soupait d'un maigre fricot.

– Tout est sombre là-haut, s'écria Agathe. Tu ne lui as point porté de chandelle ?

La vieille leva des yeux chassieux.

Agathe contourna la table, menaçante.

– Réponds, traînée ! Ou je te corrige d'importance !

– D'la bougie, ma drôlesse, o l'en a pu. Du blanc d'poule, o l'en a pu. Des bûches pour l'feu, o l'en a pu. Du crédit chez l'marchand, o l'en a pu non pu. Battez la pauv' Bertille comme beurre, o changera reun !

– Vertudieu...

La vieille eut un rire graillonneux.

– Mais l'boucher, o l'a dit : si ta maîtresse vient quérir sa viande, un soir, dans ma remise, moué j'y en donnerai son content !

Sous l'outrage, Agathe grinça des dents.

Bertille en profita pour ajouter :

– J'y ai répondu qu'vous préférez sûrement crever de faim. Mais o l'a dit : dis-y tout de même, un ventre vide fait réfléchir les bégueules !

La servante ricana de nouveau, épiant la jeune fille par en dessous.

Agathe ferma les yeux, la main crispée sur le pommeau de son épée, luttant contre l'envie dévorante de clouer la souillon à la table de cuisine. Elle s'obligea à saisir posément la bougie allumée et s'engagea à pas lents dans l'escalier de bois.

Au premier étage, Agathe s'arrêta devant une porte décorée de moulures dorées. Elle prit une profonde inspiration, tourna la poignée.

La chambre était plongée dans le noir. L'atmosphère était humide, froide, nauséabonde. Une respiration rauque s'élevait du lit fermé par un ciel de velours râpé. Agathe s'avança sans bruit, aperçut le grand corps gisant sous l'édredon. Elle éleva sa bougie et ne put retenir un cri. Un œil bleu pâle, perçant comme celui d'un oiseau de mer, était fixé sur elle.

– Je… Père… Vous ne dormez point ?

Agathe crut lire dans l'œil un lourd reproche. Elle déposa le bougeoir sur la table de chevet.

– Je vous apporte de la lumière. Et j'ai vertement tancé Bertille : elle n'oubliera plus votre chandelle.

L'œil la considéra sans ciller. Agathe chercha désespérément un sujet de conversation.

– Avez-vous déjà soupé ?

L'œil se chargea d'une ironie mordante et indiqua une écuelle laissée à terre. Il y flottait un lambeau de chou pourrissant dans un fond de brouet. Elle s'indigna.

– Vendre des légumes gâtés, quelle honte ! Dès demain j'irai me plaindre à ces maraîchers !

L'œil se fit lointain, désabusé. Agathe n'y tint plus. Elle se jeta à genoux près du grand lit.

– Père, j'ai trouvé les gredins qui causèrent votre perte !

L'œil revint sur elle comme un éclair bleu, le sourcil froncé. Encouragée, Agathe livra ses nouvelles avec enthousiasme.

– Ce sont les hommes d'un pirate qui se fait appeler Commodore. Ils se cachent dans des grottes, à l'entrée de la Gironde. Pour l'heure, ils sont bloqués à terre car ils carènent leur navire. Une frégate de douze. *La Gorgone*. Ô père, je tiendrai bientôt ce misérable à la pointe de mon épée…

L'œil bleu scintilla d'une fureur contenue. La main pâle, jusqu'alors inerte sur le drap, se souleva péniblement. L'index s'inclina, d'un côté, de l'autre, pour signifier un « non ».

– Mais… père, il le faut ! se récria Agathe. Je le tuerai, je…

La main, dans un sursaut d'énergie, s'empara de celle d'Agathe. Les doigts osseux, autrefois solides comme l'acier, s'enfoncèrent dans sa paume. L'œil dardé sur elle flamboyait.

Agathe se méprit sur ce message silencieux. Elle arracha sa main.

– Vous me croyez incapable de vaincre ce rustre ? Parce que je suis une fille, n'est-ce pas ? Mais est-ce ma faute à moi ? cria-t-elle soudain. Est-ce ma faute si nous sombrons dans la misère ? Si vos anciennes pratiques refusent les leçons d'une femme ?

La main retomba.

L'œil se ferma.

Agathe se dressa d'un bond, livide.

– Monsieur, soyez assuré de mon respect, sinon de mon obéissance. Avec ou sans votre bénédiction, je vengerai votre honneur. Car c'est aussi le mien.

Elle s'inclina avec raideur. L'instant d'après elle avait quitté la pièce.

L'œil bleu chercha le portrait accroché près du lit depuis tant d'années que ses teintes s'étaient assombries. À la flamme mouvante de la bougie, la belle jeune femme peinte lui rendit son regard implorant.

Une larme roula sur la pommette hâve de l'invalide.

Dans le petit boudoir lambrissé en bois de rose, Agathe se mordait les lèvres jusqu'au sang. Elle s'assit devant un secrétaire élégant, caressa tendrement le sous-main de maroquin, effleura les boutons nacrés des tiroirs. Elle les savait tous vides à présent, sauf le dernier.

Dès que les créanciers avaient eu vent des malheurs de son père, ils s'étaient bousculés pour exiger leur dû, au plus vite. En moins d'un an, elle avait dû vendre tous les objets de valeur, que l'usurier, profitant de son désarroi et de son ignorance, lui achetait au tiers de leur prix.

Rembourser les dettes avait vidé la maison des tapis, des tableaux et des meubles, hormis le lit où reposait son père et le secrétaire de sa mère qu'elle préservait à toute force.

Régler le chirurgien et l'apothicaire avait englouti les deux chevaux, la vaisselle d'argent, les chandeliers, les draps brodés.

Le feu et la nourriture avaient eu raison des meubles en bois blanc, de la vaisselle de faïence, du linge de cuisine.

Un à un les domestiques avaient cherché embauche ailleurs. Seule demeurait la vieille Bertille, une simplette gardée depuis des lustres par charité, et qui préférait la maison La Boissière, même ruinée, au pavé de la rue. Agathe la soupçonnait de rapiner la nourriture de son père dès qu'elle avait le dos tourné.

La jeune fille ouvrit lentement le dernier tiroir du secrétaire. Elle y prit un réticule de soie pâle, brodé de pensées, un peigne d'ivoire et une brosse à manche d'argent. Elle embrassa la soie avec révérence, murmura un « pardon » étouffé. Le fantôme d'un parfum tendre sembla l'étreindre un instant, puis s'évanouit.

Elle enfouit ses reliques sous son manteau, dévala l'escalier et disparut dans la nuit.

La milice criait « Il est deux heures, bonnes gens. Dormez, le guet veille ! » qu'Agathe était de retour, en tapinois. Elle secoua sans ménagement la vieille Bertille assoupie au coin de l'âtre.

– Réveille-toi, carne !

La servante frotta sa face hébétée de sommeil.

– J'ai réglé mes comptes avec le boucher, annonça Agathe avec un sourire cruel. Le bonhomme en a fini de se moucher plus haut que son nez... En outre, il te fournira, sans barguigner, de la viande rouge, de la volaille et des œufs.

Elle jeta une mince bourse de cuir sur la table.

– À la première heure, achète du pain, des légumes frais, de l'eau-de-vie, des chandelles. Fais aussi livrer du bois. Je veux du feu dans la chambre de mon père, nuit et jour. Tantôt, tu changeras ses nippes et tu sinceras jusqu'à ce qu'on puisse manger par terre, compris ?

Bertille se contenta de bâiller en montrant tous les chicots qui lui restaient. Agathe la souleva par le col.

– Te fais pas plus niaise que t'es, mauvaiseté, gronda-t-elle. Si tu me voles, ou si tu me désobéis, je te jetterai dehors. Mais d'abord, je te crèverai les yeux.

Un coutel aiguisé, utilisé d'ordinaire pour vider le poisson, apparut soudain devant le nez de la vieille. Elle bredouilla fiévreusement :

– O sera fait, Mademoiselle, tout comme vous dites. O l'jure ! Devant Not'Seigneur !

Agathe lâcha Bertille qui s'affala comme une chiffe et se hâta de poursuivre ses activités de la nuit.

Au seuil de la salle d'armes, l'habituelle odeur de cuir, de sciure et de sueur lui serra le cœur. Une faible lune montante entrait par la porte ouverte mais elle aurait pu agir les yeux bandés, l'immense pièce lui était plus familière que sa propre chambre.

Des râteliers de bois couraient le long des murs. Toutes sortes d'armes blanches, rangées par taille, y miroitaient dans la pénombre. Agathe ôta son manteau et entreprit de tester la résistance et la souplesse de certaines lames. Elle se démena longtemps en feintes, esquives et estocades contre des ennemis imaginaires. Son choix se porta sur plusieurs fleurets, trois épées du meilleur acier de Tolède et une dague à la garde damasquinée. Chaque arme fut fourbie avec soin avant d'être glissée dans son fourreau. Puis la jeune fille ouvrit un coffre de chêne, en tira des corselets en peau de buffle, protégeant la poitrine et les bras, ainsi qu'un assortiment de gants à crispins qui montaient jusqu'au coude. Enfin, elle décrocha d'une patère son propre plastron de maître d'escrime, rembourré de crin, et fourra le tout dans un sac de toile robuste.

Dans la cour voisine, un coq chanta la pique du jour. Agathe hissa le fardeau sur son épaule et quitta la maison de son père sans se retourner.

Les gemmes

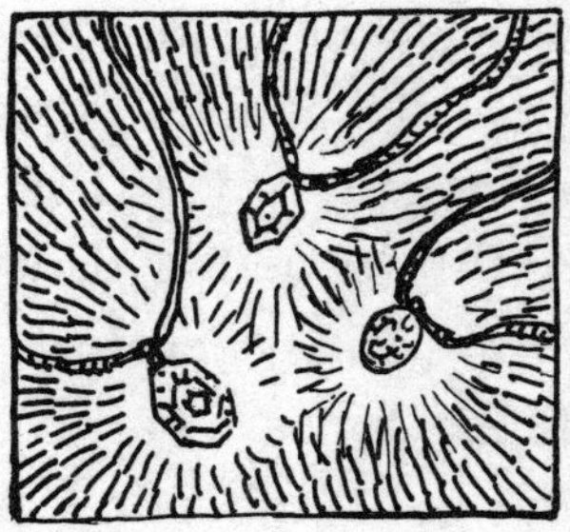

Aux premières lueurs de l'aube, Nagîna creusait la terre meuble, agenouillée au pied d'un majestueux noyer. Elle retrouva bientôt le linge qu'elle avait enterré là, la veille. Elle dégagea la toile de l'humus, la déplia, fit glisser trois pierres dans le creux de sa main. Une rose, une mauve, une verte. Chacune était de la taille d'un louis d'or, polie en forme de disque et percée en son centre.

La jeune femme longea la prairie jusqu'à un petit ru limpide qui courait entre les roseaux. Elle plongea les pierres dans l'eau vive, observa leurs éclats multicolores diffractés à la surface. Tandis qu'elles séchaient sur un galet moussu, Nagîna tira de sa besace quelques coudées d'une fine lanière de cuir, en tailla trois longueurs. Elle glissa une boucle dans chaque pierre, repassa le lien dans lui-même, le noua. Les trois colliers furent suspendus aux basses branches d'un jeune pin et tournoyèrent dans la lumière du soleil levant.

Invisible dans le feuillage vert tendre, un coucou saluait la forêt, les champs, les prés. Dans un éclair roux un écureuil traversa le chemin creux, disparut à son tour. Le bleu du ciel s'affermit, rivalisa avec les jacinthes sauvages qui tapissaient l'orée du bois. Dans le secret de son cœur, Nagîna remercia le Créateur de ce petit matin glorieux.

Elle enveloppa ses pierres dans un carré de moire et revint au campement où Juba s'affairait près du feu. Il lui tendit un gobelet de thé noir, une galette de seigle. Sa dernière bouchée à la main, elle s'approcha des deux chevaux qui paissaient non loin. Le coursier gris releva aussitôt sa tête fine, les oreilles aux aguets. Nagîna claqua de la langue. Le pur-sang s'avança vers elle, d'un trot aérien, dansant. Sa crinière cendrée ondoyait comme une chevelure, sa queue portée haute fouettait les herbes folles. Il s'arrêta à quelques pas, ronfla des naseaux en signe d'affection.

Nagîna offrit sa main tendue.

– Exir, mon souffle du désert, murmura-t-elle.

Le cheval tendit l'encolure et saisit avec délicatesse, de ses lèvres barbues, le morceau de galette. Il encensa de la tête comme pour remercier, mâcha longuement. La jeune femme passa ses doigts sur ses naseaux de velours noir, les glissa sous son toupet soyeux, caressa son encolure frémissante, son poitrail, son ventre, sa croupe. Sa robe grise, d'une finesse exceptionnelle, tressaillait sur des muscles solides. L'étalon se laissa enlacer, gratter, embrasser avec un plaisir évident. Mais son compagnon, un colossal alezan, se lassa de ces cajoleries dont il était exclu et réclama sa pitance d'un hennissement impérieux. Juba arriva bientôt chargé de deux musettes de toile pleines d'avoine. Pendant que les chevaux mangeaient, Juba les bouchonna d'une poignée d'herbes sèches.

Nagîna ne laissait à personne le soin d'harnacher sa monture. Elle couvrit les reins d'Exir d'un tapis de laine pourpre orné de pompons multicolores, puis d'une selle en peau de chèvre, aux larges étriers de bronze. Le pommeau et le troussequin, relevés pour maintenir le cavalier, étaient incrustés d'arabesques d'or et d'argent. Un mors d'ébène, une bride légère et de longues rênes de cuir tressé complétèrent l'harnachement.

Exir se figea alors dans une immobilité de marbre. Nagîna sauta en selle avec une légèreté d'oiseau se posant sur l'épaule d'une statue. À l'instant, la jeune femme et le cheval semblèrent s'unir en une créature magique, au corps de centaure et à la pensée humaine. Ils virèrent sur eux-mêmes et s'élancèrent au galop en direction de la côte.

L'étalon arabe, puissant coureur de fond, arriva bon premier à la conche boisée. Nagîna lui laissait les rênes longues, confiante dans le jugement de sa monture et dans son propre équilibre. Ils dévalèrent en souplesse le chemin qui menait à la conche des Yeuses, faisant voler le sable fin à chaque foulée. Nagîna repéra vite la coque noire et la grand-voile verte de *La Sarcelle* qui s'éloignait vers le large. Sur la plage, elle aperçut la silhouette d'Agathe, chargée d'un ballot et marchant d'un pas décidé vers leur rendez-vous.

D'un épais bouquet de chênes s'éleva un braiment auquel Exir répondit par un hennissement bref. Ils s'avancèrent sous les arbres pour trouver Benèze le baudet, attelé à sa carriole et visiblement heureux d'avoir de la compagnie. Juba arriva sur ces entrefaites, mit pesamment pied à terre et s'installa pour surveiller le chemin de la falaise.

En guise d'accueil dans la caverne, Nagîna reçut de Sylvine une chaleureuse accolade, d'Olympe un doux baiser et d'Agathe un sourire en coin. Sylvine avait déjà déballé sa toile de pique-nique et un panier d'oublies encore tièdes. Elle s'occupait à enduire les beignets d'une gelée de raisin dorée.

– Réserve personnelle du Commodore, précisa-t-elle. Vous m'en direz des nouvelles !

Nagîna sortit les colliers de sa besace.

– Moi aussi, mes amies, je souhaite vous offrir un témoignage d'affection. Ce sont de modestes présents, mais ils portent en eux l'énergie de la Terre, de l'Eau, du Soleil ainsi que la force de mon amitié.

Elle tendit à Agathe la pierre d'un rose profond, posée dans sa main brune comme un cœur palpitant.

– Une tourmaline, dit-elle. Elle a le pouvoir d'ouvrir le cœur, envers les autres et envers soi-même. C'est un symbole d'amour maternel, qui protège du désespoir et donne confiance en soi.

– Ces fableries ne me…

Nagîna referma doucement les doigts d'Agathe sur le bijou.

– Accepte-la, je t'en prie. Qu'elle représente le lien tissé entre nous, par-delà nos différences.

Agathe se décida brutalement, enfila le collier et le cacha aussitôt sous sa chemise.

Nagîna se tourna vers Sylvine.

– Pour toi, j'ai choisi une améthyste. Elle est violette et associée à ton nom, mais surtout c'est la pierre de guérison des grands chagrins. Qu'elle te soit un chemin vers le réconfort, la paix de l'âme.

Sylvine en resta sans voix.

– Pour moi ? souffla-t-elle enfin. Je peux pas… C'est trop…

– Au contraire, c'est infime au regard de ton courage et de ta bonté.

Sylvine reçut la pierre dans sa main épaisse, abîmée par d'incessants travaux. Elle la contempla, puis la passa cérémonieusement à son cou. La pierre se nicha au creux de ses seins généreux, rayonnant comme un soleil mauve sur sa poitrine. Sylvine planta son regard dans celui de Nagîna.

– Personne m'a fait un aussi beau présent. Ni en prix, ni en paroles. Merci bien.

Nagîna hocha la tête et ses yeux souriaient. Elle tendit la pierre verte à Olympe.

– Olympe, recevez cette aventurine. Malgré sa douceur, c'est une pierre forte, souveraine contre la peur et la colère. Qu'elle vous apporte bravoure, tranquillité, force d'âme et santé du corps.

Olympe accepta le bijou avec empressement. Sur sa peau laiteuse, la pierre prit une teinte opalescente et mystérieuse.

– Oh ! Quelle splendeur ! Nagîna, ce sont de merveilleux cadeaux, de si délicates attentions ! Pourrons-nous jamais vous remercier ?

– C'est moi qui vous remercie. Car vous m'avez accueillie, moi, une étrangère, et vous vous apprêtez à combattre à mes côtés.

– À ce propos, assez de temps perdu en balivernes ! coupa Agathe en engloutissant la dernière oublie. Au travail, cornebleu !

La leçon d'escrime

Agathe sauta sur ses pieds, attrapa son sac et le vida sur la nappe. Les armes s'éparpillèrent dans un cliquetis de ferraille. Elle dégaina une épée et fendit l'air.

– Puisque l'heure est aux talismans, admirez cette baguette magique ! D'un seul coup – porté comme ceci – elle change un Commodore vivant en Commodore mort !

Elle éclata d'un rire sardonique.

– Avant qu'on ne jacasse plus avant, Mesdames, car je suis sûre que vous avez préparé des stratagèmes qui emberlucoqueraient le diable lui-même, je veux exposer mon plan, d'une simplicité biblique : je combats le Commodore. Je lui enfonce trois pouces d'acier en plein cœur. J'ai fini.

Ses compagnes la considéraient, les yeux ronds.

Agathe leva la main comme pour calmer leurs protestations.

– Je sais. Vous avez mille objections, toutes plus imparables les unes que les autres. Mais ce que j'ai dit, sera. Toutefois je consens à vous assister de bonne grâce, afin que chacune arrache son dû au Commodore. Comme, ce faisant, il me déplairait de vous voir égorgées comme des poulets, j'ai décidé de vous octroyer quelques leçons d'escrime.

– D'où viennent ces armes et ces protections ? demanda Olympe en tâtant timidement le cuir d'un gant.

– De la salle d'armes La Boissière, sise rue du Pas-du-Minage, dans ma bonne ville de La Rochelle, répondit fièrement Agathe. Depuis des générations, les nobles d'Aunis, de Saintonge, de Guyenne et au-delà, ont l'honneur d'y être enseignés par mon grand-père, mon père et… moi-même.

– Vous êtes maître d'escrime ? s'extasia Olympe. Est-ce à dire que vous… *travaillez ?*

Agathe jaugea la baronne d'un œil froid.

– Torcher des gosses ou manier l'épée, subir la loi d'un mari ou tracer mon chemin, périr d'ennui ou vivre de mon travail : j'ai fait mon choix. Chaque fois, j'en ai payé le prix.

Agathe choisit une longue épée dont la pointe se terminait par un petit bouton d'acier.

– Savez-vous ce qu'est ceci ?

– Un fleuret, répondit aussitôt Olympe. Ainsi dénommé car sa pointe était autrefois entourée d'une fleur de laine, afin de ne point occasionner de blessure pendant l'entraînement.

Agathe marqua un temps d'arrêt.

– Ventre-saint-gris ! Avez-vous déjà pratiqué ?

– Oh, non ! se récria Olympe. Je n'ai touché d'autre arme que mon stylet à tailler les plumes d'oie !

– Ne me dites pas que vous avez lu ça au couvent ?

– Hélas non, reconnut la jeune baronne à voix basse. Mais puisque nous voilà amies, je vous dois une terrible confidence. Un péché mortel pèse sur mon âme…

– Nous saurons garder le secret, assura Nagîna.

Olympe fit un rapide signe de croix et avoua :

– J'ai trouvé des livres dans des caisses de butin et… je… je les ai lus !

Cet aveu fut accueilli par un silence incrédule, rompu par un ricanement d'Agathe.

– Fouchtra, la belle affaire !

– Quels livres ? s'enquit Nagîna.

– L'*Histoire naturelle* de Pline, le *Discours de la méthode* de Descartes, une *Théorie de l'art de l'espée ou du fleuret*, le *Message céleste* où Galilée prétend que la Terre tourne autour du Soleil… Oh, Seigneur, je suis damnée !

– Dieu est grand ! Quels trésors ! s'enthousiasma Nagîna.

– Mais… mais… mais… une femme ne…, reprit Olympe.

– Par la malepeste, cessez de bêler telle une brebis, l'interrompit Agathe. À quoi servent vos belles lectures, si vous craignez toujours et le berger, et le loup ? Il suffit ! Debout ! Et vivez, si vous l'osez !

Elle lança un fleuret à la jeune femme éplorée.

– En garde !

– Tenez-vous de profil. Épaules effacées. La pointe du fleuret vers moi. Relevez votre bras gauche. Fléchissez les genoux. Soyez prête à marcher, à bondir. Plus droit, le buste !

Olympe, les dents serrées, tâcha d'affermir son fleuret qui vacillait déjà.

Agathe se posta face à elle. Les deux lames entrèrent en contact.

– Sentez-vous ceci ?

Olympe hocha la tête.

– C'est le sentiment du fer. Recevez-le. Mieux que vos yeux, mieux que votre raison, il vous dira les intentions de l'adversaire. Le fleuret et l'épée sont armes d'estoc. Leur lame ne tranche pas. Il s'agit d'embrocher l'ennemi.

Agathe, d'une détente foudroyante, vint poser la pointe de son arme sur le cœur battant de son élève.

– Ceci est une fente. J'allonge le bras, ma jambe arrière me projette en avant. À vous.

Olympe s'avança gauchement, entravée par sa longue robe. Agathe soupira, ramassa une grosse poignée de jupe, de jupons et de dentelles qu'elle noua grossièrement et glissa sous la ceinture de la jeune femme.

– Recommencez. Position de garde. Asseyez-vous sur vos jarrets. Bien. Fente ! Plus énergique ! En garde !

Très vite, Olympe prit un rouge de coquelicot. Son bras droit tout entier tremblait sous le poids du fleuret. Mais elle ne demanda pas de répit et Agathe ne lui en accorda pas.

– Voyons la parade puisqu'il s'agit de vous garder en vie. Les parades de prime, seconde, tierce et quinte s'exécutent le pommeau de l'arme sous la main. Comme ceci. À vous.

Lorsqu'Olympe se plia en deux, le souffle coupé, Agathe s'avisa que Sylvine et Nagîna les observaient.

– Mesdames, la leçon vous est également destinée. Veuillez vous préparer.

Elles enfilèrent des protections et s'alignèrent face à leur maître d'armes. La leçon reprit. Agathe montrait les positions, redressait un buste, fouettait un genou rétif du plat de sa lame, sans se soucier ni des plaintes ni des protestations.

– En garde ! Fente ! En garde ! Parade de tierce !

Sans le laisser paraître, Agathe évaluait d'un œil expert les forces et les faiblesses de ses élèves.

Sylvine usait de son fleuret avec autant de grâce que d'un hachoir à jambon. Mais sa force lui conférait une puissance et une résistance hors du commun. En dépit de sa corpulence, elle se mouvait avec vivacité.

Nagîna était rompue au maniement du poignard par la chasse et la lutte avec Juba. Elle était souple, précise, fatale. En revanche, elle suivait son instinct de combattante et n'en faisait qu'à sa tête.

Olympe faisait preuve d'une ardeur consciencieuse, mais sa réserve naturelle et son éducation l'entravaient. En outre, elle était trahie par ses bras frêles, ses jambes chétives, son souffle court.

En son for intérieur, Agathe ne lui donnait pas une chance face à un homme, qu'il soit armé ou pas. Sans parler du Commodore…

Un pressentiment la saisit soudain.

– Portez-vous un corset ? aboya-t-elle en direction de la jeune baronne qui sursauta.

– Mais… cela va de soi.

– Enlevez ça !

– Mon Dieu, je ne peux pas !

– Enlevez-le, ventre-saint-gris, ou je vous l'arrache et j'en fais une oriflamme au mât de *La Sarcelle*, menaça Agathe.

– Sylvine, veux-tu m'aider ? supplia Olympe.

Dans un coin reculé, elles se livrèrent à de longues manipulations de tissus et de lacets. Olympe réapparut, cramoisie, tenant roulée une gaine de passementerie épaisse, bardée de plaques de nacre.

– Jetez cette armure aux orties ! intima Agathe. N'avez-vous point lu qu'il faut respirer pour vivre ? Reprenons ! En garde ! Glissé arrière. Bien. Vous voilà plus souple et plus vive. Avancez vers moi. Parade. Genoux souples…

Quand Agathe sentit Olympe au bord de défaillir et Sylvine à deux doigts de se rebiffer, elle mit fin à la leçon.

– Il suffit pour aujourd'hui. Les armes au fourreau.

Olympe ne put retenir une exclamation de soulagement.

– Aujourd'hui vous soupirez, demain vous serez percluse de douleurs et grimacerez à chaque pas, la prévint Agathe. Vous manquez de force dans les bras et les jambes.

– Comment pourrais-je en acquérir ?

Agathe haussa les épaules.

– Faites de l'exercice !

Olympe délaça ses gants, perdue dans ses pensées, puis se désaltéra à la gourde d'eau fraîche qui passait de main en main. Sylvine se tourna alors vers les autres.

– Je dois vous causer du grand danger qui guette not' compagne.

Olympe esquissa un geste pour la faire taire.

– Non, Mademoiselle, il faut confier ça à nos amies.

– Que confesserez-vous d'effroyable cette fois ? railla Agathe. Auriez-vous eu d'impures pensées ?

– Ces moqueries vous font pas honneur, la tança Sylvine. Pasque le Commodore, ce dépravé, s'est mis en tête de coucher cette enfant dans son lit.

Agathe ouvrit une bouche indignée, mais Nagîna la devança.

– Il n'en fera rien. Écoutez…

Le marchand d'esclaves

Le gros temps, tel un raz de marée de nuages noirs, engloutissait le ciel. Depuis plus d'une heure, assis sur un canon de dix-huit, le Commodore tétait sa bouffarde en observant le grain avancer sur l'estuaire. Le vent forcissait par bouffées hargneuses qui attisaient les braises dans sa pipe et écrêtaient les vagues en moutons blancs. La mer avait pris la couleur mate du plomb fondu, çà et là illuminée de doigts d'or perçant les nuées. À l'horizon se dessinaient des abats de pluie, en voiles opaques et gris, qui giflaient les vagues.

Le Commodore se souciait comme d'une guigne de la splendide colère des éléments. Il observait et calculait.

Depuis plus d'une heure, deux navires marchands, deux flûtes hollandaises chargées ras la gueule de vin de Bordeaux, de coques de pastel et d'autres richesses, bataillaient lourdement face au courant contraire. Elles n'atteindraient pas le large avant de rencontrer le mauvais temps, mais pouvaient espérer trouver abri dans l'anse de Royan, à l'embouchure de l'estuaire. Hélas, entre ce havre et les navires, il y avait le Commodore. Celui-ci se frotta les mains.

La Gorgone encore en chantier, il lui faudrait agir depuis la terre. Dans deux heures, moins peut-être, il ferait nuit noire. Les marchands n'auront pas franchi le cap des falaises. Comme ils seront soulagés, alors, d'apercevoir l'éclat d'un phare à travers les embruns ! Quand ils comprendront le piège, ce sera trop tard. La mer les drossera à la côte et les roches affleurantes les éperonneront sans pitié. Plus tard, à la lueur des torches, il sera aisé d'achever les survivants et de vider les cales. L'occasion rêvée d'offrir une nuit de bombance à l'équipage.

Le Commodore siffla une gigue entre ses dents. Il fallait assembler du bois sur la falaise et allumer le brasier sans perdre un instant.

Il s'apprêtait à héler une sentinelle quand le Cramé arriva en courant à travers la lande. Le matelot s'arrêta à bonne distance, ôta son bonnet et haleta :

– Mon… wooouu, mon Commo…, mon Commodore…, wooouu… des marchands… la baronne… woouu…

– Parle clairement ou je t'ouvre la gorge pour entrer l'air !

Le Cramé débita sans plus chercher à respirer :

– Mon Commodore, y a un marchand d'esclaves qu'est arrivé, y dit qu'y est venu d'Arabie pour acheter la baronne.

– La baronne ? Esclave ? En Arabie ?

Le Cramé, en apnée, se contenta de hocher la tête.

– Où est-il, mordieu ?

– Dame La Violette le fait attendre dans votre chambrée.

Le Commodore vérifia que son pistolet était chargé, que son poignard était à portée de main et s'entoura de quelques hommes lourdement armés. Puis il poussa la porte de sa chambre avec autorité et se trouva face à l'homme le plus grand et le plus noir qu'il ait jamais vu. Il évalua la carrure de l'étranger, son visage couturé de cicatrices, ses yeux inexpressifs. Le géant le dépassait d'une bonne tête et lui rendait bien quinze livres. La prudence s'imposait.

Le Noir murmura une salutation d'une voix profonde et posa successivement la main sur son front, sa bouche, son cœur. Une autre voix, féminine celle-là, se fit entendre.

– *Salam Aleikoum*, seigneur Commodore. La paix soit sur vous.

Le Commodore aperçut alors deux silhouettes voilées de noir, dans l'ombre du colosse. L'une d'elles s'avança.

– Mon maître, Juba Moutalib El Maliki, vous remercie de le recevoir, c'est un grand honneur.

Juba prononça à nouveau quelques mots.

– Mon maître vous prie de pardonner son ignorance de votre langue. Il parlera par ma bouche.

– Et toi, t'es qui ?

– Nagîna, Seigneur, pour vous servir.

– Et l'autre, là ?

Nagîna eut un petit geste négligent.

– Une servante, muette et simple d'esprit.

– Pas d'escorte ?

Nagîna traduisit la question à Juba. Pour toute réponse, celui-ci tapota le long cimeterre courbe passé à sa ceinture et fixa le Commodore avec un bon sourire.

– Mon maître…

– Ça va ! Dis-lui de s'asseoir.

Le Commodore décida que son trône lui conférerait une majesté propice à impressionner l'indigène. Il désigna à celui-ci un fauteuil flamand à dos droit, fort peu confortable. Ignorant l'invite, Juba s'allongea nonchalamment sur la couchette du Commodore et, appuyé sur un coude, observa le pirate de ses yeux sans reflets. Nagîna s'agenouilla près de lui, sur le tapis, et attendit.

– Alors comme ça, vous venez d'Arabie ?

– Oui, seigneur. Mon maître agit pour le compte de notre cheik, Abdel Bin Sallah Bin Omeir, son nom soit béni. Il a appris que vous possédiez une pièce tout à fait exceptionnelle.

Le Commodore plissa les yeux.

– Qui qu'a dit ça ?

Juba répondit en s'inclinant avec respect.

– Mon maître dit que votre réputation est immense et qu'on raconte vos exploits dans bien des ports du monde.

Le Commodore grogna.

– Et qu'est-ce qu'il sait donc sur ma… « pièce » ?

– On dit que c'est une jeune vierge, de noble famille de

France. On la dit gracieuse, de chevelure blonde et de teint clair. Ce sont des attraits fort prisés dans les harems d'Orient.

– Vous êtes bien renseignés, fit le Commodore, méfiant.

Juba murmura quelques phrases à Nagîna.

– Mon maître dit que nous n'aurions pas gaspillé votre temps précieux pour du menu fretin. Il dit aussi que nous ignorons une chose importante sur cette esclave.

– Laquelle ?

– Son prix, seigneur.

La rançon

Le Commodore resta longtemps à jauger les étrangers, les yeux mi-clos, se grattant le côté.

Le grand nègre portait un splendide manteau de laine rouge, aussi souple qu'une soie et rehaussé d'un col de fourrure, un cafetan de brocart, des pantalons bouffants immaculés, des bottes de cavalier en cuir de Cordoue. L'habit de voyage d'un homme riche, qui ne craint ni la curiosité ni l'avidité d'autrui.

De la traductrice, il n'apercevait que des doigts bruns, posés à plat sur ses genoux. Mais il sentait que la drôlesse avait la langue bien pendue et qu'elle traduisait autant sa pensée que celle de son maître.

Quant à la servante, elle aurait pu être en bois tant elle était immobile et silencieuse dans son coin.

– Cinq mille louis d'or, lâcha soudain le pirate.

Nagîna traduisit posément.

Le marchand d'esclaves observa un moment de silence avant de répondre.

– Mon maître dit que c'est là une rançon de princesse. Une femme de ce prix dispose de charmes qu'il serait heureux de vérifier avant de poursuivre cette conversation.

Le Commodore hésita puis fit signe à l'un des gardes.

– Amène-moi la baronne, dis-y de se faire belle en vitesse, lui glissa-t-il à l'oreille. Et que Sylvine apporte du vin !

– Seigneur, intervint Nagîna, mon maître ne boit pas d'alcool, c'est contraire aux usages de sa religion.

– Pas d'alcool ? Vertuchou ! Même pas un peu de rhum ?

Nagîna secoua la tête.

– Y me regardera alors !

Le silence retomba. Le Commodore, inconsciemment, se frottait toujours la bedaine en grimaçant.

Juba reprit la parole.

– Il semble à mon maître que votre estomac vous tourmente.

– Mon stomac ? C'est qui donc ?

– Une sorte de poche, dans votre ventre, qui reçoit la nourriture que vous avalez.

– Ah, ça... Ouiche, c'est vrai qu'j'ai des douleurs de tripaille à hurler comme un loup. Pis ça passe, pis ça revient. Ton maître s'y connaît donc en tripaille ?

– Mon maître est versé dans la connaissance de la médecine, de la chirurgie, de la pharmacopée. C'est lui qui prend soin de notre cheik et de sa maisonnée, la grâce de Dieu soit sur eux.

Le Commodore digérait l'information quand Sylvine entra avec son plateau.

– Imagine-toi que ce sauvage boit pas de vin !

– J'ai apporté de l'eau fraîche, en cas. De l'eau pour l'étranger, c'est la loi de l'hospitalité.

Le Commodore darda sur elle un œil noir tandis qu'elle distribuait un verre à chacun.

– Y paraît qu'il est rebouteux, le Noir, dans son pays. Il pourrait me soulager du mal de stomac.

– Hmpf, répondit Sylvine, si vous gobiez pas votre manger comme un crapaud, sans mâcher, vous auriez pas tant mal.

– Mais queq' t'en sais, toi, péronnelle ? File à ta cuisine ou j'te botte le train, maudite caqueteuse !

Dans le couloir de pierre, Sylvine croisa Olympe, escortée par un marin. Elle la retint un instant, fit mine de l'embrasser et lui chuchota :

– Ils vont naufrager des navires. Il faut agir cette nuit.

La baronne, muette, s'éloigna d'un pas raide.

Arrivée à la chambre du Commodore, elle s'arrêta sur le seuil. Poudrée de blanc, habillée et gantée de cotonnade sombre, les cheveux cachés par une mantille noire, on eut dit une veuve en deuil. Le Commodore fronça les sourcils.

– Entrez, ma chère, dit-il aussi aimablement qu'il put. Vous n'avez pas été avertie de la venue des estrangers, à c'que j'vois.

– Si. Je le fus, répondit sèchement Olympe. Une d'Avremont de Haussy ne s'abaisse pas à des frais de toilette pour des mécréants.

Le Commodore eut une grimace entendue vers Juba.

– La jeune dame a du caractère !

Nagîna traduisit la réponse de Juba.

– Notre vénéré cheik sait dompter les femmes comme les chevaux. Avec votre permission, nous l'examinerons de plus près.

Le Commodore grommela son consentement. Sur un signe de Nagîna, la servante voilée s'avança vers Olympe, entreprit d'ôter sa coiffe de dentelle et de dénouer son chignon. La jeune baronne fixait le vide, droit devant elle, inaccessible et méprisante. Elle ne frémit même pas lorsque la servante maladroite oublia quelques épingles et lui tira les cheveux.

Enfin une cascade d'or coula sur ses épaules, jusque dans ses reins. Le marchand d'esclaves esquissa un sourire satisfait, murmura quelques mots.

– Mon maître voudrait voir ses dents, seigneur. Faites-lui ouvrir la bouche.

Le Commodore s'étrangla dans son verre.

– Moi ? Mais… je… Voulez-vous bien montrer vos dents, ma chère ?

Olympe l'écrasa de son dédain.

– Certes, c'est un peu… Un sourire, peut-être ?

Olympe ne broncha pas.

– Ah, tonnerre de Dieu ! s'énerva le forban. C'est pas un cheval ! Sa belle figure, sa bonne santé, voilà qui suffit !

Il empoigna le flacon pour se resservir. La baronne en profita pour murmurer à la servante :

– Cette nuit, pendant le naufrage.

La servante hocha la tête et se recula dans l'ombre.

– Bien. Maintenant qu'vous avez tâté la marchandise, posez cinq mille bons louis sur la table.

Juba répondit.

– Deux mille, en lingots, traduisit Nagîna.

– Trois mille, rétorqua le Commodore.

Juba acquiesça. L'œil du Commodore brilla de convoitise.

– Mais nous n'avons point cette somme ici, seigneur. L'or est dans une cachette que seul connaît mon maître.

– Pas d'or, pas de baronne !

– Nous serons de retour après-demain, seigneur, au mitan du soleil.

Le Cramé fit alors irruption.

– Commodore ! Les marchands sont à la côte ! On est parés !

– À l'abordage ! hurla le Commodore en se ruant dehors, exalté par la perspective d'un bon massacre.

Tandis qu'Olympe regagnait sa chambre sous escorte, la servante muette s'en vint chuchoter furieusement à Nagîna :

– Simple d'esprit ? Ce n'est pas ce qui était convenu, ventre-saint-gris !

L'or du Commodore

Courbée sous la pluie glacée, Sylvine posa son panier sur le sable, mit ses mains en porte-voix autour de sa bouche et s'époumona :

– HOÉ, du navire !

Une bourrasque emporta son cri, mais la tête de l'homme de garde apparut au-dessus du plat-bord de *La Gorgone*.

– Voilà l'souper ! hurla Sylvine, en retenant de justesse le vieux sac de chanvre qui la protégeait de la pluie.

Elle en noua deux coins sous son menton et glissa l'anse du panier à son bras musclé.

Le garde jeta l'échelle de coupée le long de la coque et Sylvine commença l'ascension des barreaux glissants. Malgré son poids, l'échelle de corde se balançait dans le vent comme une escarpolette à la fête du village. Enfin, elle put saisir la main tendue et enjamber le pavois. Le garde l'entraîna à l'abri du château arrière.

– J'croyais bien m'passer de croûter et faire un trou d'plus à ma ceinture, rigola-t-il. Déjà que j'suis pas à boire du vin de Bordeaux avec les autres !

– Plains-toi pas, mon drôle, tu prends pas ce temps de marde sur la goule, répliqua Sylvine. Tiens, v'là ton frichti.

Elle tira de son panier une miche de pain noir, un pot de grès fermé par un bouchon de liège et un flacon de gnôle. Le garde ôta le bouchon et siffla d'enthousiasme.

– Fouchtra, de la soupe aux mojhettes et au lard, c'est la Noël !

– Hé, premier arrivé, premier servi ! Les autres rentreront qu'à l'aube, trop fin soûls pour manger.

Le garde s'enfila une bonne goulée d'eau-de-vie et trempa, de la pointe de son canif, de gros quignons dans la soupe. Il mâcha avec béatitude, sous le regard bienveillant de Sylvine.

Quand la tête de l'homme commença à dodeliner et que ses doigts lâchèrent le couteau, elle était prête. Elle essuya d'un coin de tablier la face du matelot endormi, rangea les ustensiles dans son panier, balaya les miettes. En voilà un qui ne s'éveillerait pas de sitôt et n'irait pas se vanter de sa défaillance. Sylvine se hâta sur le pont, saisit son sac de toile à pleines mains et l'agita, blanc signal dans la nuit noire.

Agathe fut la première en haut de l'échelle, suivie de près par Nagîna.

– Tout va bien ? demanda cette dernière en retenant son voile qui claquait dans la tempête.

– Pour sûr ! Ta potion au pavot endort aussi vite qu'un coup de gourdin ! se réjouit Sylvine. Suivez-moi !

Elles descendirent par l'écoutille, passèrent les rangées de canons luisants. La cabine du Commodore n'était pas fermée à clef.

Sylvine tira de son panier une lanterne sourde et l'alluma au briquet. La faible lueur rougeâtre permettait à peine de distinguer les lambris, les fenêtres à croisillons, le grand bureau. Sylvine effleura la paroi jusqu'à ce qu'elle sente sous ses doigts la porte invisible de la penderie. Elle l'ouvrit, actionna le mécanisme caché dans la tringle, dévoila la cache secrète. Elle y plongea la main et en tira un sac de toile rebondi. D'un coup de dague, elle fit sauter le lien de cuir et le vida sur le bureau. Les pièces d'or se répandirent en une lourde et tintinnabulante averse.

Les trois femmes observèrent le tas d'or en silence.

– Par tous les diables ! Depuis quand connais-tu cette cachette ? demanda enfin Agathe.

– Depuis que ce gibier de potence me fait laver et ranger tout son linge. J'ai pas mis longtemps à connaître ses armoires mieux que lui ! Ah, les hommes ! Pauv'innocents qui nous croyent à leur merci…

– N'as-tu jamais pensé à t'en emparer ? insista Nagîna.

– C'est pas son or que j'veux, c'est sa vie, répondit Sylvine en haussant les épaules.

– Nous prendrons les deux, affirma Nagîna. Raphaël et Juba sont-ils prêts ?

Agathe ouvrit l'une des fenêtres qui surplombaient normalement les flots mais dominaient alors un vide sombre. Le vent et la pluie lui cinglèrent le visage. Elle se pencha et siffla entre deux doigts. Un autre sifflement lui répondit.

– Oui, on peut commencer.

Agathe dénoua la longue et fine corde enroulée autour de sa poitrine. Sylvine y attacha l'un des sacs d'or que Nagîna entassait à ses pieds, le suspendit à la fenêtre et le fit descendre lentement dans l'obscurité.

En bas, sur le sable, trempé jusqu'aux os et aveuglé par les embruns, Raphaël guettait le sac. Il le vit surgir au-dessus de lui, tendit les mains et fut surpris par son poids. Il versa son contenu, les yeux écarquillés, dans une grande sacoche de cuir que Juba tenait ouverte. Un seul de ces jaunets valait dix ans de pêche…

Raphaël remplit le sac de coquilles de palourdes et le renvoya vers les hauteurs en tirant deux coups secs sur la corde. Derrière les deux hommes, Exir et son compagnon alezan attendaient leur chargement, stoïques sous la pluie battante.

– Mon seul regret est de manquer la tête du Commodore quand il découvrira la disparition de son magot, fit Agathe en tassant des sacs de coquilles dans le placard à double fond.

– Il sera mort alors et nous serons loin et riches, répondit Nagîna, essoufflée.

Le va-et-vient des sacs était incessant. Ils semblaient être de plus en plus lourds, la nuit de plus en plus courte, le danger grandissant. Dehors, la tempête faisait rage.

– Les gars doivent pas prendre du bon temps, là en bas… remarqua Sylvine. Y en a encore beaucoup de ces saletés d'sacs ?

– Six, répondit Agathe en se massant les reins. C'est fatigant de devenir riche.

– J'l'ai toujours dit, affirma Sylvine. La richesse, c'est que tracasserie et compagnie.

Nagîna éclata de rire.

– Vous verrez, mes amies, je vous apprendrai à dépenser votre fortune pour qu'elle grandisse sans cesse, à goûter au meilleur sans vous soucier du lendemain !

– Demain sera demain, aujourd'hui m'fait déjà du souci ! bougonna Sylvine. L'aube approche. Le Commodore piquera une rogne si y trouve pas la soupe chaude à son retour.

– Presse-toi de rentrer, répondit Nagîna en lui serrant le bras affectueusement. Nous te retrouverons en venant payer notre belle captive.

Sylvine partie, Nagîna et Agathe durent unir leurs forces pour descendre et hâler les derniers sacs. Puis elles terminèrent le rangement de la cache – l'illusion était parfaite –, essuyèrent les traces de pluie sur le parquet ciré, refermèrent la porte derrière elles. Le garde ronflait toujours paisiblement à l'entrée. Elles regagnèrent le pont.

Nagîna enjamba le pavois, se ravisa.

– Tu es certaine de ne pas préférer l'échelle ? demanda-t-elle.

Agathe rit crânement.

– Vous autres, étrangers, n'avez aucun sens des convenances. Descends vite et n'oublie pas de siffler quand je dois ouvrir mes ailes !

– Tu es brave, mon amie. Peu courtoise, mais brave… ajouta Nagîna avant de disparaître, avalée par l'obscurité.

Agathe sentit les cordes de l'échelle mollir lorsque Nagîna toucha le sol. Elle remonta les échelons, les replia à leur place et passa sa longue corde autour d'un hauban. Puis elle grimpa sur le plat-bord, debout, à la merci du vent qui redoublait de violence. Il hurlait dans les drisses, faisait geindre le gréement tout entier. Un vertige la prit devant le vide obscur et insondable. Elle s'efforça de ne pas penser. La corde voletait et claquait comme un fouet autour d'elle. Agathe parvint à la nouer autour de ses cuisses, prit son élan et, cramponnée de toutes ses forces, entama la périlleuse descente le long de la coque de *La Gorgone*.

Les naufrageurs

Sylvine n'avait que trop tardé. Lorsqu'elle parvint au repaire des pirates, des dizaines de torches illuminaient la nuit. Les naufrageurs, hilares, roulaient des futailles, entassaient des ballots et des coffres arrachés aux navires attirés par traîtrise vers la falaise. Elle tenta de se faufiler discrètement entre les matelots qui, ivres de rapine et d'eau-de-vie, braillaient à pleins poumons de grivoises chansons de bord.

Sont les filles de La Rochelle qu'ont armé un bâtiment,
Elles ont la cuisse légère et la fesse à l'avenant,
Ah ! la feuille s'envole, s'envole, Ah ! la feuille s'envole au vent !
Un beau soir, une frégate apparut sur l'océan,
Pleine de jolis pirates, de beaux gars appétissants...

Mais le Cramé l'aperçut et hurla :

– V'là Dame Sylvine ! Hardi les gars ! Un ban pour ses bonnes soupes et son aimable corsage !

– Hourra ! Hourra ! HOURRA ! beuglèrent les autres en jetant leurs bonnets en l'air.

Elle afficha un sourire indulgent et traversa la bande de marins au milieu des acclamations, priant pour que les oreilles du Commodore soient hors de portée. À la cuisine, vite, elle attisa le feu sous la marmite encore tiède, coupa d'épaisses tranches de pain, débita un chapon rôti. Puis, s'essuyant les mains à son tablier, elle s'empressa d'aller rassurer Olympe. Elle toqua un coup léger à la porte et entra dans la chambre de la jeune femme. Il lui fallut quelques instants pour comprendre ce qu'elle voyait.

La baronne d'Avremont de Haussy, en chemise de nuit et bottines de cuir, rouge et ébouriffée, ferraillait avec son stylet d'argent contre un coussin pendu au lustre. Elle offrit à Sylvine un visage rayonnant.

– Mademoiselle Olympe, quoi que vous faites donc ?

– De l'exercice ! Je revois les parades de prime, seconde, tierce et quinte. Et j'ai également découvert un nouvel usage pour les livres, regarde !

Empoignant un dictionnaire de grec ancien de la main droite et un traité des vertus de la main gauche, elle tendit les bras et effectua d'énergiques mouvements de haut en bas.

– Vous allez vous rompre les reins, maugréa Sylvine. Cette agitation n'est pas pour une dame de votre condition.

– Comment ? Vous risquez vos vies pour me tirer des

griffes de ce coquin et je resterais, telle l'agnelle sur la pierre du sacrifice, à attendre le couteau ? Je suis lasse de…

Des coups violents furent alors frappés à la porte.

– Ouvre, ma mie, c'est moi, ton galant ! hurla une voix joviale et avinée.

– Mon Dieu ! C'est lui, souffla Olympe.

Sylvine posa un doigt sur ses lèvres et, sans bruit, ferma le loquet laissé imprudemment ouvert.

– Ouvre, catin ! Ou je défonce cette damnée porte ! tempêta le Commodore en jetant son épaule contre le battant.

La porte était d'un chêne solide, gondé de ferrures massives, néanmoins elle vibrait et craquait sous les assauts furieux.

– Glissez-vous au lit. Faites mine de dormir, chuchota Sylvine.

En un tournemain elle arracha l'oreiller du lustre, souffla les chandelles et ouvrit la porte en grand. Emporté par son élan, le Commodore traversa la chambre en titubant et alla s'écraser sur un guéridon de toilette. Broc, cuvette, miroir et pots d'onguents explosèrent sous le pirate abasourdi. Tournée vers le mur, Olympe mordait son drap à pleine bouche pour ne pas hurler.

Sylvine se précipita sur le forban avec une feinte sollicitude, profitant de l'obscurité pour le tirer à hue et à dia.

– Commodore ! C'est vous qui criez des paillardises à la porte d'une dame ? J'peux pas l'croire !

– Une dame ! 't'en foutrais, moi ! Ce serait l'esclave d'un nègre, si j'voulais !

– Ah bon, vous voulez plus ? demanda Sylvine, tâchant de dissimuler son inquiétude.

Le Commodore se releva dans une pluie de porcelaine brisée. Tout à coup, il se plia en deux, mugissant comme un taureau blessé.

– Chuuut, fit Sylvine. La baronne est souffrante. Elle est toute suante, j'crois qu'c'est la fièvre.

– AAAARRRHH, reprit le Commodore, 'me suis navré le stomac en tombant !

– Prenez mon bras, offrit Sylvine en le tirant insensiblement vers le couloir. De la bonne soupe chaude vous fera du bien.

– La donzelle dort comme une bûche ! T'es sûre qu'elle respire encore ? S'agit pas qu'j'perde trois mille louis !

– Oui da, elle respire ! Alors, vous la vendez ou vous la vendez point ?

Le Commodore, appuyé lourdement sur Sylvine, revint à pas lents vers ses appartements.

– C'est que j'goûterais bien cette chair fraîche...

– Ça ferait chuter l'prix de la marchandise, observa Sylvine.

– Et des fois, j'me dis... serait-y pas temps d'poser mon sac à terre et d'fonder une famille ?

– Non ! Pas ça ! s'exclama Sylvine. Enfin, j'veux dire... pas un aventurier comme vous, le grand Commodore dont le pavillon fait trembler les sept mers !

– Sûr, ce serait un coup dur pour les frères de la côte. Mais voilà une mignonne de bonne famille, bien éduquée et tout, prête à m'pondre une ribambelle de fils.

Sylvine, un instant atterrée, changea son fusil d'épaule.

– Si l'amour s'en mêle, alors... Faites-lui de belles épousailles !

Le Commodore balaya cette idée d'un revers de manche.

– J'ai pas besoin de curé pour engrosser une fille.

– Holà, tempéra Sylvine, y s'agit point d'une godinette de port, que vous chassez le guilleri à la main et culbutez sur un grabat. C'est une baronne que vous avez là !

– Bah, quelle différence ? Tout ça, c'est blanc tétin et tétin blanc, HA HA HA HA !

– La différence, c'est qu'une fait des bâtards et l'autre des fils portant quartiers de noblesse, susurra Sylvine, comptant sur l'orgueil bouffi du Commodore pour apprécier la nuance.

En effet, celui-ci en resta coi un moment.

– Mes fils s'raient des barons ?

– Dame, au moins des baronnets ! affirma la cuisinière qui savait dépecer un ours mais ignorait tout de la science nobiliaire. Mais pour ça, y faut des épousailles dans les règles.

– Comment qu'on s'y prend ?

– D'abord les fiançailles. Puis le promis fait la cour à la promise. Puis la date du...

– La cour ? J'vais pas danser la pavane comme un muguet !

– Bah, c'est enfantin ! Faites comme moi...

Sylvine entonna une lente ballade, posa sa main sur la grosse patte du Commodore, et l'air pénétré, les deux arpentèrent solennellement le couloir sombre, se saluant au gré des couplets.

Belle qui tiens ma vie, captive dans tes yeux,
Qui m'a l'âme ravie d'un souris gracieux,
Viens tôt me secourir ou me faudra mourir...

Tout en chantant, Sylvine se félicitait d'avoir écarté le danger pour la nuit. Mais demain ?

La forge

Malgré les cataractes d'eau qui s'abattaient sur elle, piquaient ses paupières et glissaient des doigts glacés dans son cou, la progression d'Agathe fut d'abord assez aisée. Les pieds appuyés contre la paroi de bois inclinée, les jambes bien tendues, elle marchait à reculons en tenant fermement le cordage.

Puis la courbe de la coque s'infléchit franchement et Agathe perdit ses points d'appui. Tout à coup, elle bascula dans le vide, retenue seulement par le cordage qui lui scia les doigts, les poignets, les cuisses. Au prix d'un effort douloureux, elle parvint encore à glisser de quelques mètres.

Puis arriva l'instant où la corde se termina. Elle se suspendit à bout de bras, tournoyant sous la poussée du vent. Ses muscles raidis et ses mains écorchées la brûlaient. Ses forces l'abandonnaient. Autour d'elle il n'y avait que néant obscur. Le sol était-il à cinq pieds ? Dix ? Vingt ? Elle crut, dans le rugissement du vent, entendre la voix de Nagîna, mais peut-être n'était-ce qu'un oiseau de mer, perdu dans la tempête…

Tant pis… Trop tard… Agathe ferma les yeux, ouvrit les doigts.

Il lui sembla qu'elle chutait éternellement.

Soudain elle heurta de tout son poids un torse dur, deux bras puissants. Elle se crut brisée. Le choc lui vida les poumons et entrechoqua ses dents. Mais déjà Nagîna était là, glissant sous son nez un flacon de sels qui la firent éternuer et tousser. Une énergique friction acheva de la ranimer, mais Juba ne voulut pas la déposer à terre et l'emporta comme une enfant.

Ils marchèrent ainsi dans la nuit, à travers la pinède, jusqu'à la mer.

Bien qu'abritée du vent du large, *La Sarcelle* se dandinait comme un canard sur le ressac. Raphaël, son ciré ruisselant de pluie, faisait les cent pas sur le sable. Il courut vers eux. Juba posa doucement Agathe. Elle fit deux pas hésitants et tomba dans les bras du jeune homme. Ils restèrent ainsi enlacés, oublieux du déluge, du danger, du temps qui passait.

Agathe se dégagea brusquement.

– Les sacs sont à bord ? demanda-t-elle, soudain affairée.

– On attendait plus que toi, répondit Raphaël.

– Mes amis, remercions le Ciel d'être sains et saufs, dit

Nagîna. Qu'Il nous permette d'atteindre le but de notre voyage. Un long travail nous attend encore…

Elle était déjà en selle lorsque Raphaël remonta l'ancre de *La Sarcelle*. La grand-voile, réduite par trois ris, se gonfla sous l'assaut du vent et le petit cotre bondit en avant, cap au noroît.

En pénétrant dans la conche sableuse de Saint-Georges-de-Didonne, *La Sarcelle* cessa de rouler, de tanguer et vint s'accoter à un antique ponton de chêne. Les pêcheurs avaient renoncé à sortir dans ce gros temps et plusieurs barques se balançaient au mouillage. L'aube, d'un gris sale, se levait sur les terres détrempées et découvrait une mer jaunie de vase brassée. Le village, blotti dans un creux de dunes au pied de sa forte église romane, sans feu et sans bruit, faisait le gros dos sous la tempête.

Bien qu'éreintés, Raphaël et le mousse entreprirent de doubler les amarres de *La Sarcelle*. Agathe, qui avait passé une nuit nauséeuse dans l'étroite couchette, se leva d'humeur massacrante. Elle considéra avec rancune les sacoches remplies d'or à ses pieds. Raphaël passa la tête dans la cabine. Ses cheveux et son visage étaient incrustés de sel, il semblait être devenu un vieillard en une seule nuit.

– Bonjour, belle enfant ! la salua-t-il. Que vous voilà la mine rose et le teint frais !

– Épargne-moi ces fadaises, bougre d'âne. J'ai froid. J'ai mal aux bras. Mes vêtements sont mouillés.

– Quoi ? Assise bien à l'abri sur un tas d'or, tu trouves à te plaindre ? Mijaurée !

– À l'abri, tu veux rire ? Cette barcasse pourrie prend l'eau de toutes parts ! Sans parler de la puanteur !

– Si madame la mégère n'apprécie pas le service, elle peut toujours continuer à pied !

Le petit Pierre empêcha Agathe de répliquer en avertissant :

– Patron, v'là les cavaliers !

Les silhouettes brouillées de Nagîna et de Juba apparurent sur la crête des dunes. Ils avançaient à pas lents, à côté des chevaux fourbus par la marche forcée.

– La forge est de l'autre côté du village, indiqua Nagîna lorsqu'ils se retrouvèrent au ponton. Chargeons les chevaux et suivez-nous.

Les sacoches de cuir furent promptement réparties sur les deux montures. Ils laissèrent *La Sarcelle* à la garde du mousse et courbés contre les rafales qui soulevaient des nuages de sable, ils traversèrent les rues désertes.

Nagîna les mena à une vaste porte cochère qui ouvrait sur une cour pavée. Un des côtés, protégé par un toit de chaume, servait de remise à charrettes et d'écurie. Exir et l'alezan y trouvèrent du foin et du repos. La forge occupait un angle de la cour, sous un toit de tuiles roses. L'enclume trônait sur un billot, près du foyer de pierre flanqué d'un colossal soufflet. Toutes sortes d'outils et de fers à chevaux, à mulets ou à vaches, étaient accrochés aux murs.

Agathe s'approcha du foyer, souffla sur les cendres. Une braise rougeoya.

– Le feu n'est pas encore éteint, se réjouit-elle.

Elle le fit repartir d'une brassée de petit bois, ajouta deux bûches. Les flammes crépitèrent bientôt joyeusement. Transis et épuisés, ils se réchauffèrent un instant, les mains tendues vers le feu.

– Ce lieu est-il sûr ? s'enquit Agathe. Le forgeron ne nous épiera pas ?

– Je lui ai promis un écu d'argent pour son silence et sa forge, expliqua Nagîna. Mais j'ai coupé la pièce en deux et il n'en a reçu qu'une moitié. Quand tout sera fini, il aura la seconde moitié et Juba le libérera de la cave où il est enfermé.

Agathe approuva d'un sourire amusé. Ils se mirent à l'ouvrage. Juba fut chargé du combustible et entreprit de fendre d'énormes bûches de châtaignier. Raphaël se posta au soufflet et obtint bientôt un feu d'enfer. Agathe ouvrit les sacoches. Elle en tira une poignée de médailles finement gravées, de sequins délicats et de monnaies des plus opulents royaumes. Pistoles et réaux d'Espagne, florins de Hollande, moïdores du Portugal, ducats de Venise, louis marqués du profil du Roy de France...

– Sacristi ! Quel dommage de fondre ces belles monnaies, se désola Agathe.

– Nous pouvons payer le Commodore avec son or, mais tout de même pas avec ses propres pièces, objecta Nagîna. Approche les creusets, la flambée est assez ardente.

Agathe lui présenta plusieurs pots de terre cuite. Nagîna les remplit de pièces et, à l'aide de longues pinces, les plaça au cœur du brasier incandescent. Raphaël s'activa au soufflet.

Le miracle de la fusion se produisit sous leurs yeux. Ils virent les pièces se tordre, s'affaisser, se dissoudre en un liquide étincelant. Habilement, Nagîna récupéra l'un des creusets et le vida dans la lingotière que tenait Agathe. L'or pur épousa aussitôt les contours du moule rectangulaire emmanché de bois, formant une petite brique du plus bel effet.

– Fouchtra de quenouille ! s'extasia Agathe. C'est plus fort que de jouer au bouchon !

– Admire la touche finale.

Nagîna démoula le lingot d'un coup sec sur l'enclume, ôta une grosse chevalière de son majeur et la pressa sur le métal encore mou. Un faucon aux ailes déployées s'imprima en creux dans le lingot.

– Et voici un or de bon aloi, frappé aux armes de notre estimable cheik !

Sous le voile, sa voix vibrait de fierté.

– Tu es rusée, mon amie… Un peu dissimulée, mais rusée, s'esclaffa Agathe.

Elles échangèrent un regard où se répondaient le respect et l'affection et s'attelèrent à la tâche fastidieuse de transformer des milliers de pièces en lingots d'or.

La bonne aventure

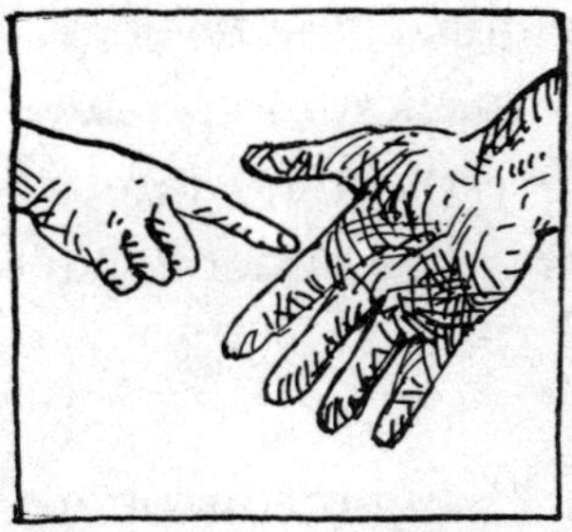

Le soleil au zénith frappait la Gironde et se réverbérait sur l'eau. Une brume de chaleur masquait la côte au loin et Agathe suait sous son voile de servante, égrainant ses jurons les plus vigoureux. Sur le sable mou de l'estran, elle peinait à suivre le pas des chevaux. Nagîna se retourna sur sa selle.

– Courage, nous y sommes presque.

– Chiure de coquefredouille ! s'exclama Agathe en trébuchant sur un bois mort. Me faire ça, à moi ! Marcher comme la merdaille, au cul d'un cheval ! Et cette engeance de défroque qui m'empêtre les pieds !

Nagîna tenta de la réconforter.

– Reconnais que c'est commode pour cacher une épée et un poignard. Et cette comédie est bientôt terminée. Nous remettons l'or à ce sinistre coquin, lui réglons son compte, reprenons ma perle et quittons à tout jamais cet endroit.

– D'ici là, ne t'avise pas de me maltraiter davantage ou il te faudra trouver une autre servante !

– Promis, déclara Nagîna en riant. Et maintenant silence, voici les hommes du Commodore.

Une dizaine de forbans dépenaillés mais ostensiblement armés de sabres, de piques et de mousquetons vint les encadrer et les escorta jusqu'au repaire.

Sylvine les attendait à la porte du Commodore. À l'usage des hommes de garde, elle esquissa une révérence devant Juba, lequel portait un coffre de teck sur son épaule.

– Noble étranger, le Commodore est fort incommodé d'avoir trop ripaillé la nuit dernière. Il doit garder le lit et s'escuse de vous recevoir couché.

Nagîna acquiesça d'un clin d'œil.

Sylvine les introduisit dans la chambre du pirate. Adossé à de gros oreillers, celui-ci avait les yeux cernés, le visage gris et luisant de mauvaise sueur. Il se redressa en grognant.

– Vous avez l'or ?

– La paix sur toi, seigneur Commodore.

– Fi des salamalecs ! J'ai la tripe en feu. Pas fermé l'œil de la nuit.

– C'est regrettable, compatit Nagîna. Peut-être mon maître…

– L'or d'abord !

Nagîna s'inclina, dit quelques mots à Juba qui posa le

coffre et en souleva le couvercle. Le Commodore se pencha avec avidité.

Bien alignés dans leur écrin de bois rouge les lingots brillaient d'un éclat mat, semblables à des pavés de soleil. Le pirate déplaça les rangées supérieures pour choisir un lingot du fond du coffre, le soupesa, scruta le poinçon et pour finir tira son poignard et trancha le bloc de métal comme une motte de beurre.

– Ça va, grogna-t-il. Y sont pas fourrés.

– Pardon, seigneur ?

– Ouais, fourrés au plomb sous la couche d'or, c'est un vieux tour de scélérat. Mais on trompe pas un grippeminaud comme moi.

Il retomba en arrière sur ses oreillers, le teint terreux, haletant. Juba approcha un tabouret, saisit le poignet du pirate et prit son pouls. D'un air docte, il s'adressa à Nagîna qui traduisit.

– Seigneur, mon maître propose de vous ausculter afin de déterminer votre mal.

Le Commodore, à la torture, opina du chef. Juba le fit tousser en posant l'oreille contre son dos. Lui fit signe de tirer la langue et la considéra longuement. Lui mira le blanc de l'œil, tout injecté de sang. Sans prévenir, il lui enfonça deux doigts musculeux dans le bas-ventre. Le Commodore mugit. Juba, la mine soucieuse, prit Nagîna à part. Ils chuchotèrent gravement.

– Qu'est-ce qu'y dit ? geignit le Commodore.

– Mon maître craint un ulcère. Il souhaite user de mon modeste talent pour en trouver la cause.

– Pas une saignée au moins ? Approche une lame et je t'éventre avec !

– N'ayez crainte, je n'ai besoin que de votre main.

Le Commodore se raidit.

– Es-tu sorcière ? gronda-t-il entre ses dents serrées.

– Simple étudiante en astrologie, seigneur. Je m'efforce d'aider les hommes à lire les signes du destin.

Nagîna tendit sa main brune au Commodore qui y posa la sienne à contrecœur. La jeune femme lissa sa paume calleuse comme le cuir d'un vieux gant, scruta la peau ravinée. De temps en temps, elle suivait une ligne du doigt, puis échangeait un regard entendu avec Juba.

– Seigneur Commodore, quelle est la date de votre venue au monde ?

– Du diable si j'le sais ! Mais c'était un dimanche de Pâques, pasque ma mère a dû quitter la messe avant le sermon. La pauv' vieille disait comme ça, que si j'étais resté à écouter j'aurais pas tourné gredin, HA HA HAAAAARRR…

Un spasme étrangla le rire du Commodore dans sa gorge. Il reprit lentement son souffle.

– Alors, quoi que t'as vu ?

Nagîna rabattit son voile sur ses yeux, se mit à parler d'une voix étouffée, mystérieuse. Fasciné, le pirate en oubliait jusqu'aux lingots.

– Vous êtes né sous le signe du Taureau.

– Ça, mainte jouvencelle peut en témoigner, se rengorgea le paillard.

– Selon Ptolémée, ajouta Nagîna, l'homme né sous ce signe a un caractère sage et une belle physionomie.

– Ce Potmélé est un bon gars, qu'en a sous le chapeau !

– Je vois… je vois un destin hors du commun ! De grandes conquêtes, une fortune amassée, votre rang reconnu !

Un sourire béat adoucit les traits rudes du Commodore.

– Des fils baronnets ?

– Heu… Hum… Je vois une descendance aussi drue qu'un champ de blé… mais hélas, seigneur, un grand malheur vous guette…

Le sourire du pirate vira au rictus.

– Commodore…, votre bile est empoisonnée.

– Que le grand cric me croque ! Par qui donc ?

– Je vois… la lune… ou… une boule… blanche comme lait… pareille à la lune… et qui fait du mal. Beaucoup de mal !

– Par la sainte variole ! C'est quoi ?

– Dans votre entourage… près de vous… tout près de vous…

– Cette perle maudite ! hurla soudain le Commodore en fouillant dans l'échancrure de sa chemise.

– Une perle est trop petite, seigneur, pour un tel maléfice.

– Celle-là est énorme ! Vois un peu !

Il était si pressé d'ôter la chaîne de son cou qu'il s'arracha des cheveux au passage. Il tint la perle à bout de bras comme si elle allait lui sauter à la gorge. Nagîna, avec une infinie lenteur, cueillit l'étui dans sa paume ouverte. Elle en desserra le lien et la Larme de Lune apparut. Tous se figèrent, les yeux rivés sur la perle extraordinaire qui semblait irradier sa propre lumière.

– C'est une manigance d'envoûteur, clama le Commodore. Plus d'une fois, en la regardant, y m'a semblé qu'j'tombais et que ma tête éclatait.

Nagîna lui lança un regard perçant. Caché par le voile, un sourire cruel étira ses lèvres balafrées.

– Fourrons-la au plus profond de mon coffre ! Elle vaut une fortune, je la vendrai à la première occasion, conclut le Commodore.

Au prix d'un effort douloureux, il s'arracha à sa couche et clopina jusqu'à un monumental coffre de fer. Avec les clefs pendues à sa ceinture, il déverrouilla la porte blindée, l'entrebâilla juste assez pour que Nagîna puisse glisser l'étui à l'intérieur et referma soigneusement.

– Me permettez-vous d'examiner vos selles, seigneur ? demanda Nagîna, en désignant son trône percé.

Le Commodore leva un sourcil broussailleux.

– Quoi d'intéressant dans un seau de marde ?

– La consistance et l'odeur me donneront de précieuses indications sur votre santé.

Le Commodore claqua des doigts vers Sylvine. Sans cacher son dégoût celle-ci ouvrit une trappe dans le socle du fauteuil, en tira le pot de chambre en porcelaine et l'apporta à Nagîna. La jeune femme s'absorba dans la contemplation de l'immonde contenu, tournant très naturellement le dos au Commodore. Soudain, ni Agathe ni Sylvine n'en crurent leurs yeux, un éclair blanc jaillit de ses doigts et la Larme de Lune tomba avec un minuscule « ploc » au fond du pot.

Nagîna tendit l'ustensile à Sylvine, restée bouche bée.

– Vous pouvez en disposer, ajouta-t-elle négligemment.

Puis au Commodore :

– Il n'y a point de sang dans vos selles, l'abcès n'a donc pas crevé. Cette perle néfaste éloignée, mon maître va vous soigner. Tout ira bientôt pour le mieux.

Le fiancé

Le Commodore regagna sa couchette d'un pas chancelant et s'y laissa tomber. Il reprit son souffle et cracha.

– Ouvre grandes tes oreilles, moricaude, et répète à ton patron sans rien oublier.

– Je suis tout ouïe, seigneur.

– Dis-y que j'vais prendre ses médecines, mais j'suis pas un béjaune. Si par malaventure y lui venait l'idée de m'empoisonner, vous mourrez tous les trois.

Du pouce, le Commodore désigna la servante immobile et silencieuse.

– Pour être sûr, celle-là goûtera les drogues avant moi.

Agathe tressaillit. Son regard incrédule, puis furieux, incendia Nagîna qui traduisait posément les propos du Commodore et la réponse de Juba.

– Mon maître s'honore de votre confiance. La servante se soumettra à vos désirs.

Les yeux d'Agathe étincelèrent de rage. Nagîna la devina, la main crispée sur le pommeau de l'épée, prête à se jeter sur le pirate. Mais tant de forbans entouraient le Commodore qu'elle risquait de mourir avant de l'atteindre. Nagîna s'empressa de changer de sujet.

– Seigneur Commodore, nous devons maintenant préparer l'esclave au long voyage qui nous attend.

– La médecine d'abord.

Nagîna et Juba se consultèrent à voix basse. La jeune femme sortit de sa besace un assortiment de pots et de sachets d'herbes, un mortier d'étain, une cuillère d'ivoire. Juba faisant mine de diriger les opérations, elle dosa et malaxa avec soin plusieurs ingrédients jusqu'à obtenir une pâte brune.

– Commodore, vos intestins doivent être purifiés. Cette pâte sucrée est de la datte, un fruit de notre pays. Nous y avons mêlé du suc d'*Aloe vera*, une plante du désert aux pouvoirs laxatifs et du pavot pour soulager vos douleurs.

Nagîna préleva une cuillère de pâte et s'approcha d'Agathe. Par la fente du voile, les yeux de la fausse servante lançaient des éclairs meurtriers.

– Fais-moi confiance, chuchota Nagîna.

La servante se décida brutalement et avala la cuillerée de médecine. Nagîna présenta ensuite le bol au pirate qui y plongea son index, le lécha, grogna et ingurgita sans plus de façons le reste du remède.

– Vous éprouverez les effets bénéfiques dans peu de temps, seigneur. Maintenant, avec votre permission, voyons l'esclave.

Le Commodore les congédia d'un geste, renversé sur son oreiller. Ils sortirent en file indienne et furent conduits par les gardes jusqu'à la chambre de la captive.

Dès la porte close, elles tombèrent dans les bras les unes des autres et partagèrent leurs émotions avec force chuchotements.

Nagîna résuma la suite du plan.

– Olympe et Sylvine, tenez-vous prêtes dans la cuisine. Nous vous rejoindrons dès que tout sera terminé, pour sortir ensemble de ce labyrinthe. Vous embarquez avec Agathe et Raphaël, Juba et moi fuyons à cheval. Rendez-vous à la forge.

– Mon Dieu, que de dangers ! soupira Olympe. Si seulement nous avions de l'aide ! Si mon fiancé pouvait...

– Oui da, un fiancé serait bien utile ! se moqua Agathe. Surtout accompagné d'une armée et de quelques pièces d'artillerie !

– Oh, ce serait sûrement le cas, puisqu'il commande un régiment de Dragons.

Agathe se figea.

– Qui est-ce ?

– Le comte de Roquelaure, Pons de Luban Saint Orny.

– Ventre-saint-gris ! Vous le faites exprès !

Olympe ouvrit de grands yeux.

– Il vous a fallu choisir un bourreau de mon pays !

L'ennemi le plus acharné de ces pauvres réformés, dont le seul tort est d'aimer un dieu mais pas ses curés !

– Je ne peux vous croire ! se récria Olympe. Pons ne fait que son devoir, par loyauté envers Sa Majesté. Il est bon et…

– Excellent, même ! persifla Agathe. Pensez, un homme qui lance sa soldatesque sur des familles afin qu'elle pille leurs biens, traîne les femmes par les cheveux jusqu'à l'autel et brûle les pieds des hommes pour les convertir ! Comment pouvez-vous ignorer cela ?

Olympe baissa la tête.

– À neuf ans, je fus confiée à l'Abbaye-aux-Dames, avec d'autres filles aussi nobles que démunies. Les nonnes nous enseignèrent l'obéissance, la prière et la broderie… Je ne sortis du couvent que pour célébrer mon mariage avec Pons. Hélas, le Commodore écumait alors les forêts de Saintonge. Un destin funeste le plaça sur ma route et depuis, je vis recluse dans ces grottes. Que pourrais-je savoir du monde ?

– Alors où avez-vous déniché votre charmant papiste ? grommela Agathe.

– Je… je ne l'ai jamais vu…

– Cornebleu ! De ma vie, je n'ai entendu tant de sottises à la fois !

– Mais j'ai son portrait ! Je l'ai tant admiré qu'il me semble connaître son âme aussi bien que la mienne. Regardez, n'est-ce point là un homme digne d'amour ?

Olympe tendit, dans le creux de sa main, un portrait miniature enchâssé dans un cadre ovale. Un aristocrate rose, poudré de blanc, y montrait un profil avantageux. Agathe le toisa avec mépris.

– Heureusement qu'on ne voit pas ses mains, elles sont couvertes de sang, lâcha-t-elle.

– Avez-vous tenté de l'avertir de votre capture ? demanda Nagîna.

– Une fois, on a fait passer une lettre, expliqua Sylvine. Mais pas de réponse à c'jour. M'est avis que l'messager a empoché les sous et mangé le message !

– Ou alors, le gandin a d'autres choses en tête, insinua Agathe. Entre deux dragonnades, il danse peut-être le rigaudon avec de girondes donzelles ?

Olympe s'empourpra. À la surprise d'Agathe, au lieu de fondre en pleurs, elle lui agita un index menaçant sous le nez.

– Mademoiselle La Boissière ! Vous savez bien des choses que j'ignore, mais vous ignorez ce qu'est la parole d'un gentilhomme. Pons a fait le serment de m'épouser, il m'épousera !

Agathe siffla deux notes ironiques.

– Cet aveuglement est touchant... Toutefois, si je ne m'abuse, vous semblez enfin vivante !

Elle farfouilla sous son voile, en tira le poignard à manche damasquiné et le tendit à la jeune femme.

– Vous méritez désormais une arme digne de ce nom. Méfiance, cette lame est un rasoir aiguisé par mes soins.

Dans les yeux d'Olympe brillèrent des larmes de gratitude. Elle posa un rapide baiser sur la joue de son maître d'escrime.

– Ça n'exige point qu'on se lèche la trogne ! grogna Agathe.

– Dépêchons-nous maintenant, intervint Nagîna. J'ai donné à ce pourceau assez de pavot pour qu'il soit d'humeur dolente et d'*aloe vera* pour qu'il se vide sur son pot. Il faut en profiter.

Agathe grimaça.

– Ta potion me fera-t-elle le même effet ?

– Tu en as pris si peu…

– Assez pour me faire grincer le ventre ! Jarnicoton ! Il me faut des latrines !

– Au détour du couloir, il y a un trou d'aisance qui donne sur l'à-pic de la falaise, indiqua Sylvine. Gardez-vous de glisser !

Agathe se précipita hors de la pièce, marchant sur son voile et jurant entre ses dents.

La canonnade

L'explosion, d'une violence inouïe, les paralysa de stupeur.

Agathe se cramponna aux parois glissantes de la fosse et se retrouva à genoux. Elle reçut sur la tête des débris de calcaire tombés du plafond et comprit : là-haut, sur la lande, les pirates tiraient au canon.

Mais sur quoi ?

Elle se releva d'un bond, arracha son voile. Tout en renouant les cordons de ses chausses, elle trouva une faille dans la roche, assez large pour voir l'estuaire. Elle y colla un œil et son cœur manqua un battement.

La Sarcelle fuyait la canonnade. Le premier boulet avait arraché son bout-dehors, la privant de ses voiles d'avant. Freinée dans sa course, elle roulait bord sur bord, sa grand-voile verte faseyait.

Agathe sentit la vibration du deuxième coup de canon avant d'en entendre le son. Elle retint son souffle. Une gerbe d'eau jaillit soudain de la mer, à moins d'une toise à tribord du bateau. Sur le pont deux petites silhouettes noires se démenèrent à la manœuvre. Une trinquette de fortune s'éleva dans la mâture. Elle vit la barque porter grand largue et son sillage se creuser derrière elle. Le troisième boulet la manqua largement. Raphaël était hors de portée. Agathe respira. Puis elle s'aperçut que ses mains tremblaient, maudit sa faiblesse et, soudain, réalisa l'ampleur du danger. Elle dégaina son épée et partit en courant vers la chambre d'Olympe.

Quand la porte s'ouvrit à la volée, Nagîna était si sûre de voir entrer Agathe qu'elle perdit de précieuses secondes. Le sabre de Juba jaillit dans un feulement soyeux, mais déjà une arquebuse et deux pistolets d'abordage les tenaient en joue. Le Cramé s'avança prudemment.

– Personne bouge ! commanda-t-il.

– En voilà des façons ! s'indigna Sylvine. Rustauds ! Barbares !

– Ordre du Commodore d'arrêter les estrangers ! Écartez-vous, Vot'Seigneurie. Vous aussi, Dame Sylvine, on vous f'ra point mal.

Le bref échange de regards entre les femmes échappa totalement aux pirates, hypnotisés par la longue lame d'acier bleuté que tenait le géant noir. Nagîna murmura un ordre. Juba hésita, puis rengaina. Aussitôt un des forbans les désarma et, sabre dans les reins, les poussa en avant.

– Mais quoi qu'y s'passe à la fin ?

– Ordre du Commodore !

– J'ai compris, âne bâté, ragea Sylvine. Mais pourquoi ?

Le Cramé haussa les épaules.

– Sais pas. On doit amener tout le monde. En avant !

Agathe s'avança à pas de loups jusqu'à l'angle du couloir et tendit l'oreille. Elle se préparait à bondir, quand, au milieu des bruits de pas et de ferraille, elle entendit le Cramé s'inquiéter :

– Et la servante, la simplette, où qu'elle est ?

Malgré les circonstances, Agathe sourit quand Nagîna répondit à haute et intelligible voix :

– Elle est partie aux chevaux. Elle ira chercher du secours, si nous sommes retenus contre notre gré !

En revanche, Agathe apprécia moins la réplique du Cramé :

– Oh ben, ceusse qui s'occupent des canassons ont d'jà dû l'attraper, alors !

L'écho des protestations de Nagîna faiblit au fur et à mesure que les prisonniers et leurs geôliers s'éloignaient vers les appartements du Commodore.

Agathe se retrouva seule.

Au premier coup de canon, Exir et son compagnon avaient henni de frayeur, piétiné, rué. Au deuxième coup de canon, l'étalon décida de rompre ses attaches et se cabra de toute sa hauteur. Au troisième coup de canon, il galopait libre sur la lande, les naseaux fumants et la crinière au vent. Quand les pirates arrivèrent, ils ne trouvèrent que le grand alezan, fou de terreur et de solitude. Le premier homme à l'approcher paya son audace d'une ruade qui l'allongea pour le compte. Benèze, lui, s'était accoutumé aux agissements brutaux des pirates. Le baudet broncha aux explosions, mais ne paniqua pas. Avec la sagesse de sa race, il se rencogna dans la profondeur d'un massif d'ajoncs et patienta en mâchonnant une herbe folle. En revanche, il sauta de surprise lorsqu'une tête humaine surgit sous son mufle. Mais la tête l'appela par son nom, aussi, dévoré de curiosité, resta-t-il pour en savoir davantage.

– Benèze ! Un coup de main ne serait pas de refus, ventre-saint-gris !

À force de contorsions, Agathe réussit à extraire un de ses bras du trou puis le reste de son corps.

– Enfin sortie de ce boyau ! J'ai failli y laisser la peau du dos !

Benèze, intéressé, l'observait en ruminant. Cette créature lui était vaguement familière, associée dans son esprit à dame Sylvine et aux trognons de carottes. Il la laissa donc flatter son encolure et caresser ses immenses oreilles.

– Ma brave bête, je crains que nous ne soyons désormais les derniers conjurés en liberté. C'est donc à nous que revient l'honneur de courir sus au Dragon…

Le pays de Tendre

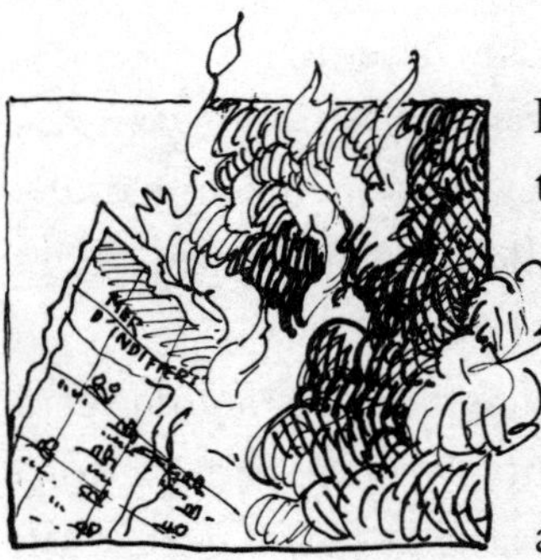

Dans sa chambre, le Commodore trônait sur sa chaise percée, pantalon aux chevilles, sourire aux lèvres, dans une senteur de porcherie.

Il accueillit les nouveaux venus avec bienveillance.

– Vot'médecine fait des merveilles ! Y'a des lustres, que je m'étais point senti aussi léger d'la panse… aussi paisible.

– Seigneur, l'interrompit Nagîna, que signifient ces armes contre nous ?

– Ah oui, ces armes… Croyez bien que j'regrette, mais la baronne restera céans. Je vais l'épousailler moi-même.

– Mais nous l'avons payée, en bon or !

– Ouiche, un or superbe… Il restera aussi. C'est une excellente affaire : le beurre, l'argent du beurre et le sourire de la baronne.

– Nous avertirons le cheik et…

– Non, non, non… vous êtes… on dira… mes invités. T'imaginais pas que j'allais laisser filer un aussi bon barbier ? Dis à ton maître que j'le nomme médecin de bord de *La Gorgone*. Arquebusades et scorbut, ça le changera du harem, HA HA HA !

Nagîna eut une rapide conversation avec Juba.

– Mon maître proteste contre cette déloyauté, mais il s'incline. Il restera jusqu'à votre guérison.

– Tant mieux, tant mieux, fit le Commodore, débonnaire. S'il se dédit, je vous fais tous rompre les jambes. Tiens, d'ailleurs, où est ma goûteuse, la benête ?

– On y cherche, intervint le Cramé. A l'était pas aux ch'vaux. N'a-qu'un-œil jure qu'y a vu flotter son manteau noir sur les vagues. P'têt qu'elle a voulu s'ensauver et qu'elle s'est neyée ?

Olympe prit la couleur de la neige fraîche. Nagîna serra les mâchoires à s'en briser les dents. Sylvine, qui se donnait une contenance en débarrassant la table, écrasa un gobelet de terre dans son poing fermé.

Le Commodore, hébété de pavot, ignora leur trouble et s'adressa d'un ton bonhomme à Nagîna.

– Te voilà promue goûteuse. Toi et le toubib, revenez au soir. J'ai à faire avec ma promise…

Les matelots poussèrent Nagîna et Juba dehors sans jamais baisser leur garde.

– Approchez, ma tourterelle, fit le Commodore, mielleux.

– Commodore, vous pouvez point courtiser de vot' chaise percée, objecta Sylvine.

– Toi, la gueuse, fourre pas ton vilain groin dans mes oignons, menaça le pirate.

– 'mande pardon, mais une demoiselle reste pas sans chaperon avec un homme, surtout déculotté. C'est contre la bienséance !

Le Commodore soupira et obtempéra.

Olympe s'assit le plus loin qu'elle put. Le Commodore lui sourit aimablement, de toutes ses dents gâtées.

– Alors ? fit-il. Quand qu'on s'bécote, dans la haute ?

La jeune fille pensa au poignard d'Agathe glissé dans sa jarretière et au talisman de Nagîna dans son corsage. Elle y puisa du courage et s'arracha un sourire.

– Commodore, connaissez-vous le pays de Tendre ?

– Nenni. Pourtant, j'ai bourlingué !

– Il s'agit d'une contrée imaginée par madame de Scudéry, expliqua Olympe. Elle en dessina la carte pour figurer, sous un jour poétique, les voies qui conduisent à l'amour et…

– Moi, j'dis : les femmes, c'est au lit ou à la cuisine !

Olympe ferma les yeux et vacilla légèrement.

– Vous êtes pas rendu aux bécots si vous la laissez pas parler, remarqua Sylvine. Pasqu'à venir y a encore la dot, le contrat de mariage, la robe, la chapelle, la…

– Continuez, très chère, grommela le Commodore.

Olympe inspira profondément.

– Sylvine, peux-tu me quérir l'ouvrage qui se trouve sous mon édredon ?

– On range donc les livres au lit chez les nobles ?

s'étonna le pirate. Apporte aussi le luth, mon cher ange fera de la musique. Pas vrai, mignonne ?

Olympe désigna au pirate, qui ne savait lire que les chiffres, les hameaux qui jalonnent la route du village de Tendre, sur la rivière Estime : Constance, Billet-Doux, Petits-Soins, Grand-Cœur…

Il regarda l'illustration d'un air endormi.

– C'est bien gentil, mais c'est où la Cité de Jambes-en-l'air ?

– Monsieur ! Châtiez votre langage. Nous parlons ici d'amour sincère, pas de badinage libertin.

Le Commodore s'empara du livre et le jeta au feu. Les flammes s'élevèrent hautes et claires, les pages se recroquevillèrent et noircirent. En quelques secondes, le pays de l'amour pur fut réduit en cendres.

– Ma mie, les livres m'assomment. Chantez plutôt quequ'chose d'entraînant !

D'une voix enrouée, Olympe entama la complainte du Chevalier à la triste figure. Le Commodore battit d'abord la cadence de ses ongles en deuil, puis sa tête pencha, ses yeux se voilèrent. Au troisième couplet, ses ronflements couvraient le chant de la jeune femme.

Olympe s'arrêta *diminuendo* et l'observa avec horreur.

– Sylvine, j'ai mon poignard, perçons-lui le cœur et fuyons !

– Je rêve de ça toutes les nuits, mais nos compères ? On sait même pas où qu'ils sont enfermés. Et Mlle Agathe…

– Mon Dieu, je ne peux pas croire… Elle se sera sûrement enfuie ?

– Sûrement… Elle r'viendra nous aider. Il faut faire languir ce ribaud jusqu'à c'qui soye moisi sur pied !

– J'ai lu une histoire… Autrefois, un roi nommé Ulysse tardait à revenir d'un long voyage. Pressée par ses prétendants, la reine Pénélope jura de tisser un linceul avant de choisir un nouvel époux. Chaque jour elle tissait. Chaque nuit elle défaisait son travail… et ainsi jusqu'au retour d'Ulysse.

Sylvine applaudit l'idée.

– Si ça vaut pour un linceul, ça vaut pour un trousseau de mariée !

La marche

Fuyant la lande sur la pointe des sabots, Agathe et Benèze avaient piqué droit au nord. Le baudet avala les premières lieues d'un trot régulier. S'éloignant de la côte, ils trouvèrent sur leur chemin des bois et des prés fleuris. Benèze manifesta alors le désir impérieux de goûter l'herbe tendre des fossés. Agathe, qui avait bricolé une sorte de longe avec son baudrier, dut batailler ferme pour l'en dissuader et ils progressèrent ainsi, cahin caha. Le soleil ne tarda pas à frapper la nuque d'Agathe comme un marteau et elle se surprit à regretter son voile. Son postérieur, peu accoutumé à la monte, commençait aussi à s'échauffer. Bientôt, elle dut descendre et marcher. Ses bottes la meurtrirent rapidement. D'abord portée par la colère, puis par l'inquiétude, puis par le devoir, Agathe en vint à simplement s'obliger à mettre un pied devant l'autre.

La fraîcheur du soir tombait qu'ils arrivaient à l'orée de grands marais parcourus d'un lacis de chemins de terre.

– Garçon, on va pas s'embriquer là-dedans en n'y voyant goutte, confia-t-elle à Benèze.

Le baudet approuva d'un battement d'oreilles et se précipita vers le bas-côté. Agathe le laissa brouter, regrettant de n'avoir pas glané quelques mûres en chemin.

– Je souperai d'un bol de vent, ce soir…

Elle s'allongea tant bien que mal dans les herbes hautes et s'endormit d'un coup, rompue de fatigue.

L'humidité, le froid et la faim la réveillèrent à l'aube. Le départ fut difficile. Son ventre grondait, ses bottes la martyrisaient, Benèze renâclait. Elle l'enfourcha en jurant d'abondance, le poussa vers le marais. Le soleil se leva alors qu'ils traversaient de vastes pâturages bourbeux cerclés d'eaux saumâtres. Plusieurs fois, ils s'engagèrent dans des culs-de-sac et durent rebrousser chemin. Nul autre signe de vie que les nuées de moustiques bourdonnants, des busards frôlant les joncs et l'envol lourd de hérons gris à leur approche. La main sur les yeux, Agathe guettait anxieusement la fin du marécage.

Enfin, un chemin de terre se dessina plus franchement et les mena à un chenal envasé. Sur l'autre rive s'élevait une cabane de planches. À son appel, un vieil homme en haillons apparut et alla quérir une barque à fond plat dans les roseaux. Manœuvrant une longue pique de bois, il fit traverser la pinasse et l'échoua devant les sabots de Benèze.

Embarquer le baudet fut un cauchemar. Agathe faillit cent fois le trucider sur place d'un coup d'épée. Le vieux passeur peinait à garder sa barque à flot avec l'âne piétinant, roulant des yeux, sautant de côté. Pour finir, estimant que le moment était venu, Benèze monta à bord d'un pas ferme et décidé.

– O lé pas la moitié d'un fils d'garce ! commenta le vieux.

– Pour de sûr ! Dites voir, grand-père, est-on loin d'icite à La Rochelle ?

– M'en doute que oui ! O lé trois beuns jhours à marcher. Et la Chérente à passer. Avec un bon hieu d'bourriquet comme ch'te, étions pas rendus, à c't'heure !

– Trois jours, ventre-saint-gris ! se désola Agathe. Grand-père, j'ai pas un liard, mais faut que je mange. Je vous échange mes bottes de bon cuir contre des vivres et des galoches.

– Tope là ! fit le vieux.

Agathe s'assit par terre, serra les dents et tira chaque botte d'un coup sec, arrachant les croûtes déjà formées. Ses pieds n'étaient que plaies sanguinolentes. Le vieux disparut dans sa cabane. Il revint avec une marmite de terre et une guenille ravaudée dont il étala le contenu devant Agathe.

– Jh'avions des mojhettes, des marceaux d'anguille séchée, du fromage de jhonc, du pain nouère... O lé point une mangheaille de fine goule, mais vous lucherez ma soupe de cagouilles. Pis v'là mes bots.

Le vieux enleva ses sabots, renouvela l'herbe sèche qui les tapissait et grimaça en voyant les pieds d'Agathe.

– Bin mon drôle, te v'là mâché… Faut y beurdoirer du lard d'goret.

Il tartina ses plaies d'un gras jaunâtre qui puait le ranci et les enveloppa de lambeaux de guenilles. Pendant ce temps, Agathe faisait un sort aux escargots fricassés dans l'aillet et le fenouil du marais, se léchant les quatre doigts et le pouce.

Puis elle enfila les galoches et enfourcha Benèze.

– Bien le merci, grand-père.

– O lé reun ! Suivez c'chemin, o l'arrive à la grand-route qui va tout drette sur Rochefort. Gare aux bouillards, o mouillera avant l'souère.

Le bleu du ciel était à peine pommelé de blanc, mais Agathe ne voulut pas contredire le vieux. Elle cassa un roseau et fouetta d'un coup léger la croupe de Benèze. Au trot !

Elle trouva la pluie à la brune, en arrivant à Saint-Agnant. Des abats d'eau ruisselaient des toits, noyaient les ruelles. Derrière les volets clos, Agathe devinait les flammes dans l'âtre, la soupe brûlante, les lits de plumes. Elle était parcourue de grands frissons, exténuée, désemparée. Même le baudet se traînait, l'encolure basse, sous les aboiements des chiens de garde.

Ils trouvèrent enfin refuge dans une grange à la sortie du bourg. À tâtons dans le jour déclinant, Agathe se creusa une bauge dans le foin et laissa le reste de la meule à Benèze. Elle grignota une poignée de haricots, un morceau d'anguille, un peu de pain, se força à économiser ses maigres victuailles. Dans l'obscurité, elle entendait l'âne mâcher et la pluie battre les tuiles. Elle songea avec regret au briquet de Sylvine qui lui eût permis un feu, puis à sa savoureuse cuisine, à sa rude gentillesse et, de fil en aiguille, à l'amicale ironie de Nagîna et même à la douceur larmoyante d'Olympe. Pour finir, elle dut tout bonnement s'avouer que ses amies lui manquaient. L'immense responsabilité de leur sort reposant sur ses épaules lui parut écrasante. Elle la chassa de son esprit et s'endormit en rêvant à Raphaël, debout à la barre de *La Sarcelle*, l'œil sur l'horizon, les cheveux dans la brise…

Le soleil était revenu lorsqu'elle parvint à Soubise, un des rares passages de bac sur la Charente. La marée haute s'engouffrait profondément à l'intérieur des terres et le fleuve lui parut large et dangereux. Sur ses eaux limoneuses voguaient des yoles et de grands trois-mâts. Une patache mue par deux rameurs vint embarquer les passagers. Outre Agathe et Benèze, il y avait là deux paysannes coiffées de quichenottes blanches et chargées de volailles caquetantes, un laboureur portant blouse bleue et mouchoir de cou à carreaux. Au grand soulagement d'Agathe, le baudet embarqua sans histoires. Le bac pointa vers la rive nord.

Elle vit se dessiner les murailles neuves de Rochefort. En un rien de temps, le pauvre village de pêcheurs était devenu un arsenal de la Marine royale et l'on y bâtissait désormais des vaisseaux de haut rang. Aussi, la route menant à La Rochelle était-elle fréquentée par moult carrosses et charrois qui y creusaient de larges fondrières.

C'est dans l'un de ces trous qu'Agathe perdit un sabot, aspiré par la boue comme par des sables mouvants. De rage, elle envoya l'autre par-dessus les buissons et se retrouva chaussée de loques. Découragée, elle s'assit lourdement sur le bas-côté. La tête lui tournait de faim et de fatigue, elle enfouit son visage dans ses mains. D'un pas las, Benèze s'approcha et lui souffla dans le cou.

– Tu crois qu'on y arrivera, garçon ?

Le baudet la poussa de son doux mufle crème.

– Pas en prenant racine dans ce fossé… Tu as raison.

Elle décida d'achever ses provisions, ce qui fut vite fait. Avec l'illusion du ventre plein, elle se remit en marche entre marais salants et roselières. La mer, au loin, luisait d'un gris d'ardoise.

La nuit les prit alors que se profilaient les ruines de Châtelaillon, une orgueilleuse place forte d'antan rongée par l'océan. Ce fut une nuit interminable, battue par le vent du large et les averses. Agathe tenta de s'abriter au flanc de Benèze mais claqua des dents sans répit jusqu'au petit jour détrempé. Elle reprit sa route en somnambule, un pas, un autre, une lieue, deux lieues… De temps en temps, elle s'accordait du repos en montant le baudet dont l'échine fléchissait et qui trébuchait d'épuisement.

Lorsque pointèrent les tours de sa ville natale, elle ne les reconnut pas tant son esprit battait la campagne sous l'effet de la disette. À sixte sonnantes, le quatrième jour, Agathe entra dans La Rochelle par le faubourg Saint-Nicolas et, puisant dans ses dernières forces, s'empressa vers l'hôtel de l'intendant du Roy.

L'étalon

Sur le château arrière de sa frégate, le Commodore avait presque l'air de belle humeur. La marée montante se jetait à l'assaut de *La Gorgone* avec ardeur et sous peu, elle flotterait à nouveau. Un navire caréné de frais, les entrailles en paix, un mariage avec une jeune beauté : ses affaires se présentaient sous un jour admirable.

Sur le rivage, le maître voilier mettait la dernière main à quelques rapiéçages. Une partie de l'équipage entassait des barils de morue salée, de lard, de blé noir et d'eau douce pour les charger à bord. D'autres hommes s'activaient à la manœuvre, sous les ordres du Cramé qui, à bord, faisait office de bosco. Tous avaient hâte de retrouver le large, avides de maraude et de pillages. Ils entonnèrent un chant à hisser.

Allons-y gai, gai,
Allons-y gaiement...

Consternées, Sylvine, Olympe et Nagîna observaient ces préparatifs du haut de la falaise. À quelques pas d'elles, Juba gardait croisés ses énormes bras sous les yeux farouches d'un pirate et de son arquebuse.

– Nous sommes perdues, se lamenta Olympe.

– Y a un espoir, murmura Sylvine. Figurez-vous qu'j'ai beau appeler et craquer du pain, point de Benèze. Pourtant, c'est pas l'genre à tordre du nez sur un croûton.

– Alors ? demanda Nagîna à voix basse.

– Alors, si y l'est pas là, c'est qu'y est ailleurs. Y s'rait jamais parti loin de sa mangeoire tout seul...

– Tu crois qu'A..., s'exclama Olympe.

– Chut ! coupa Sylvine. Pt'êt bin qu'oui... p'têt bin qu'non... Mais y a des chances.

– Elle ne nous retrouvera jamais si nous montons sur ce maudit navire, s'inquiéta Nagîna. Savez-vous nager ?

Olympe et Sylvine firent non de la tête.

– Que penseriez-vous si...

À l'aube, le lendemain, le Cramé fut envoyé avec une chaloupe pour embarquer ces dames et le médecin de bord fraîchement nommé.

– J'vas porter vos chaudrons, fit-il aimablement à Sylvine.

– Bas les pattes ! Donne plutôt la main pour charrier les malles de la baronne.

Le Cramé partit en maugréant se tourner les reins sous le poids de coffres bourrés de vêtures, de linge, de vaisselle et de livres. Il fallut tout descendre à bout de bras dans la chaloupe brassée par un rude clapot. Quand vint le tour des passagers, Olympe fut prise d'une telle frayeur que le Cramé dut la jeter sur son épaule comme une poupée de chiffons pour descendre l'échelle de corde.

– Tombe pas ton sac à la baille, ricana un marin, ou le Commodore t'fera écoper toute la mer pour l'y r'trouver !

Sylvine descendit lentement mais sûrement, et la chaloupe tangua quand elle y posa le pied. Puis Nagîna et Juba embarquèrent sous la menace d'un sabre d'abordage. Quand tous furent accroupis à la poupe, le Cramé poussa à déborder. Le jusant et le vent forcissant obligeaient maintenant les rameurs à une course contre la montre. Entre les Crocs du Diable la mer s'engouffrait comme dans la gueule d'un monstre marin, racassant les galets avec un grondement sourd. La barque hésita, oscilla entre les deux pitons rocheux, puis fila au mitan du courant comme une feuille morte dans un torrent. Olympe gémit et se cramponna à Sylvine.

Prestement, Nagîna ôta ses babouches qui disparurent dans une poche de Juba. Sous son voile, elle ne portait qu'une tunique légère, sa besace de cuir et sa Larme de Lune, à nouveau pure, à son cou.

Les rameurs forçaient aux avirons, gagnant sur la marée. Dès que les récifs furent dépassés, le courant mollit et la barque fila bon train vers *La Gorgone*. Alors Nagîna se laissa basculer dans l'eau. Juba rugit comme un lion, se rua sur le marin le plus proche et l'estourbit proprement. Raflant la rame abandonnée, il moulina au-dessus des têtes courbées. Olympe et Sylvine s'appliquèrent à entraver la riposte des matelots par une danse de Saint-Guy accompagnée de cris d'orfraies.

Nagîna pensait profiter de l'altercation pour nager hors d'atteinte. Mais, saisie par le froid et la puissance de l'eau, elle comprit que sa vigueur ne vaincrait pas le courant. Son voile la tirait par le fond comme un lest. Ses bras s'engourdissaient. Déjà elle ne sentait plus ses mains ni ses pieds glacés. Tout à coup, elle se sentit happée par une force irrésistible et s'aperçut avec horreur qu'elle était emportée vers le platin de roches déchiquetées. Là où les bras fluides de la mer se déployaient en gerbes blanches, son corps de chair et de sang serait broyé.

Elle lutta avec l'énergie du désespoir. De courtes vagues déferlèrent sur sa tête, l'aveuglèrent, l'engloutirent. Elle se débattit, cria, inspira de l'eau, s'étrangla.

Soudain… elle se crut morte et emportée au paradis.

Un cheval ailé fut un instant suspendu dans le ciel, puis percuta la mer dans un plouf assourdissant et une avalanche d'écume.

– Exir, balbutia-t-elle, sans y croire vraiment.

Et pourtant, la tête fine de l'étalon émergea, l'œil affolé mais nageant avec détermination. Dès qu'elle put, elle se cramponna au bridon, noua ses doigts dans la crinière trempée. Elle retrouva un peu de souffle, un peu de force.

D'instinct, l'étalon chercha à contourner les brisants. Peu à peu ses battements puissants les éloignèrent du danger. Nagîna osa un coup d'œil vers *La Gorgone*. Une grande agitation régnait sur le pont. Elle eut un élan de reconnaissance pour Juba qui devait payer son évasion au prix fort. Heureusement, le Commodore avait besoin de ses soins et ne le rudoierait pas outre mesure. Elle reprit espoir.

C'est alors qu'un boulet de canon pulvérisa la falaise à quelques toises au-dessus d'eux. Ils baissèrent la tête sous une grêle de cailloux. Exir, cravaché par le péril, décupla ses efforts. Le canonnier de *La Gorgone* tira encore un coup dans l'eau, mais renonça lorsqu'ils doublèrent la pointe rocheuse.

Exir toucha terre sur une mince langue de galets qui ne découvrait qu'à marée basse. Nagîna tituba, accrochée à son encolure, puis glissa évanouie entre les sabots de l'étalon.

Elle fut tirée de l'oubli par un cliquetis de galets insistant. Une voix criait :

– Mam'zelle ! Éveillez-vous !

Elle ouvrit les yeux, se dressa sur son séant, toussa un peu d'eau de mer et aperçut Raphaël juché sur les éboulis.

– Vot' cheval me laisse pas aborder ! Un vrai mâtin !

Nagîna se leva avec peine, appela Exir qui patrouillait le rivage et le caressa tendrement. Raphaël sauta sur la plage.

– Il m'a sauvé la vie, murmura la jeune femme.

– Si j'l'avais pas vu de mes yeux, je l'aurais pas cru, confirma le pêcheur. Il est arrivé de la lande au galop et il a sauté d'la falaise… On aurait dit qu'y volait.

Nagîna embrassa le chanfrein humide de l'étalon, se tourna soudain vers Raphaël :

– Où est Agathe ?

– J'espérais que vous le sauriez, répondit-il, le front inquiet.

La tour Saint-Nicolas

Agathe franchissait enfin le porche monumental de l'hôtel de la Généralité lorsqu'un fer de lance s'abattit au ras de son nez. Un lansquenet, aux bras comme des troncs et aux cuisses comme des barriques, la toisait.

– Arrière, manante !

Agathe se cabra, piquée au vif.

– Laissez-moi passer, Vertuchou ! Je viens trouver le comte de Roquelaure.

Le lansquenet grimaça de joie.

– Monsieur l'intendant ne reçoit pas ce matin, gloussa-t-il. Surtout pas les pouilleuses !

Agathe prit brusquement conscience de ses vêtements déchirés, poussiéreux, de ses mains noires, de ses pieds en guenilles… Elle n'osa même pas imaginer son visage et sa coiffure.

Tout à coup, sa vue s'obscurcit, le sol se déroba. Elle s'appuya à la muraille.

– Ma vêture ne répond pas de mon rang, concéda-t-elle. Je suis Agathe La Boissière, fille d'Armand La Boissière, bourgeois de La Rochelle et maître d'armes.

– Et moi, j'suis la Reine Mère ! grasseya le lansquenet.

Agathe s'emporta.

– Ôte-toi de mon chemin, insolent maroufle ! J'exige d'entrer !

Un officier sortit de la salle des gardes, la mine hautaine et contrariée.

– Quel est ce tapage ?

– Juste une soûlarde, capitaine.

Le capitaine considéra Agathe, un sourcil levé. Elle se redressa.

– Ne vous fiez pas à mon apparence ! Je suis Agathe La Boissière ! J'ai fait un voyage périlleux pour avertir M. de Roquelaure ! Sa fiancée court un grand danger !

– La Boissière ? répéta le capitaine. Voilà une famille réputée de fieffés huguenots et de rebelles au Roy !

– Mais je…

– Cesse tes menteries, damnée calviniste, ou je te fais arracher la langue !

Un éclair rouge zébra l'esprit d'Agathe. Hors de tout contrôle, sa main dégaina l'épée. Le capitaine recula d'instinct, trébucha et sauva ainsi sa vie. À toute volée, le lansquenet frappa la jeune fille à la tête. Elle s'effondra. Le pavé, sous sa joue, se noircit d'un fin ruisselet de sang.

La douleur fut vive comme un coup de fouet.

Agathe gémit, entrouvrit les yeux. Ne vit que du noir. La souffrance vibrait en vagues sourdes dans sa tête. Une odeur puissante lui rappela le port. Elle sombra de nouveau.

Le pinçon cruel reprit. Elle roula de côté. Quelque chose la frôla, couinant et courant. La peur la poussa à s'asseoir. Elle ouvrit de nouveau les yeux. Toujours du noir. Était-elle aveugle ? Elle glapit de terreur. Dans sa panique, elle se retrouva à croupetons sur un sol glissant, comme couvert de vase ou d'algues. La jeune fille s'efforça de calmer son esprit affolé, les errements de son cœur, sa mémoire émiettée. Du bout des doigts, très doucement, elle tâta son crâne, y trouva une bosse grosse comme un œuf de pigeon et une profonde entaille qui suintait encore. Elle se souvint.

La marche. Benèze. Ses amies. Pons de Roquelaure. Le lansquenet. Les insultes.

– C'est un cachot, murmura-t-elle.

Elle ouvrit grands les yeux dans l'obscurité. Une paire de points rouges apparut, puis disparut dans un trottinement fangeux. La compagnie de rats ternit sa joie de recouvrer la vue. Elle comprit que les rongeurs, attirés par ses guenilles imprégnées de gras, avaient attaqué ses orteils de leurs incisives pointues.

Elle chercha son épée, ne trouva que du vide et se sentit nue comme jamais.

Agathe s'obligea à explorer sa cellule. À tâtons, elle trouva la porte faite d'un chêne pourrissant mais néanmoins inébranlable. Elle lutta pour ne pas se jeter sur le battant en hurlant. Peu à peu, elle vit un rectangle gris clair se dessiner sur le noir de la nuit. Elle se traîna vers l'étroite meurtrière barrée de fer, percée dans une muraille plus épaisse que son bras. Aussitôt, un vent humide lui coupa le souffle. Les nuées sombres se déchirèrent et la lune jeta son œil froid par la trouée. Agathe gémit.

– Oh non… La tour Saint-Nicolas…

Elle aurait pu décrire les yeux fermés l'avant-port découvert par la marée basse. Un faible courant persistait entre les deux tours, rejoignait l'eau libre à la hauteur de la digue de Richelieu. Plus d'un demi-siècle auparavant, lors du Grand Siège de sinistre mémoire, l'ouvrage avait coupé la ville de la mer nourricière. Démantelés peu à peu par les tempêtes d'équinoxe, des moignons de contreforts émergeaient encore de la vase. Comme tous les galopins de La Rochelle, Agathe et Raphaël avaient passé des heures à pêcher des mulets et des crevettes au pied de ces vestiges, aux grandes marées.

Agathe appuya son front contre la muraille froide. Elle savait qu'à pleine mer l'eau envahirait les fondations de la tour. Elle était condamnée à périr, de noyade ou d'oubli, dans ce cul-de-basse-fosse. Si proche du but… Elle se recroquevilla et laissa s'échapper de brûlantes larmes de désespoir.

Tout près, les yeux rouges guettaient.

Les La Boissière

Grâce à une réparation de fortune, Raphaël avait réussi à établir une voile d'avant. *La Sarcelle* semblait consciente de sa hâte et chevauchait avec vaillance la grosse houle de l'océan. Il longeait au plus près l'île d'Oléron et surveillait sa côte sombre, guettant la pointe de Chassiron. Nagîna, enroulée dans une couverture mitée, refusait de prendre le moindre repos dans la cabine. Le mousse y dormait, roulé comme un chiot sur son bat-flanc.

Des heures durant, Raphaël et Nagîna partagèrent la nuit emplie du puissant murmure des vagues, du froissement de la coque fendant l'eau, de la respiration du vent dans les haubans.

À l'aube, la jeune femme exprima l'inquiétude qui la rongeait.

– Si nous faisions fausse route ? Si Agathe n'était pas à La Rochelle ? Nous n'avons peut-être pas assez réfléchi aux autres possibilités ?

Raphaël eut un mince sourire, mi-narquois mi-attendri.

– Agathe, non plus, elle a pas réfléchi. Elle fait d'abord, elle pense après. J'la connais comme ma poche, sauf vot' respect. J'parie ma part de pêche qu'elle s'est mis en tête de trouver ce comte et d'le ramener par le fond de culotte pour étriper les pirates.

– Toute seule, c'est une folie, murmura Nagîna.

– Ah, dame ! C'est pas la sagesse qui l'étouffe. Mais vous souciez pas de trop : Agathe, c'est une femme comme y a pas d'hommes !

Sous le ton rassurant du jeune pêcheur, Nagîna devina une angoisse plus profonde que la sienne.

– La connaissez-vous depuis longtemps ? demanda-t-elle.

– Depuis qu'elle a vu l'jour, pour de sûr ! J'étais dans les langes quand elle est née. Hélas, la jeune dame La Boissière est morte en couches. C'est ma mère, Catherine Charlopeau, qu'était lingère dans la maison et qu'avait du lait, qu'a pris le bébé en nourrice. Elle aussi, plus tard, a été emportée par les fièvres. J'avais six ans et Agathe cinq.

Raphaël gardait les yeux sur l'horizon. Il n'y voyait plus la ligne noire de la terre, mais un petit gars blondinet et une fillette cramponnée à son bras, qui regardaient passer, jeté sous un drap sale, le corps de celle qui les aimait.

– Le père La Boissière s'est jamais remis de perdre sa femme. Déjà qu'y était pas causant, il a plus parlé que pour ses leçons. Il a payé des gouvernantes, des cuisinières, des filles de rien, n'importe qui, pour s'occuper de la petite. Moi, on m'a pas chassé, j'en ai profité pour manger tous les jours et apprendre un peu à lire. Agathe, demoiselle qu'elle était, elle aurait dû étudier le clavecin, la révérence, tout ça. Mais autant dresser un chat sauvage. Le pain sec, le fouet, la cave, y a rien qui l'a matée. Elle s'ensauvait toujours pour me r'joindre dans les rues, avec d'autres graines de gibiers de potence. Quand elle rôdait pas avec nous, elle s'nichait à la salle d'armes et elle regardait... Des fois, les valets fermaient le soir en la laissant endormie dans un coin. Personne s'en souciait.

Nagîna écoutait en silence. Dans son esprit, une petite écorchée vive, se mourant d'un amour à jamais perdu, gisait sur les tapis moisis d'une salle d'armes.

– Tout a changé l'année qu'Agathe a eu dix ans. En c'temps-là, à la salle d'escrime, y avait un valet fort comme un bœuf et bête à manger du foin, l'Augustin Goulard... Y faisait l'coq, toujours à agacer son monde, une vraie mouche à marde ! Un jour, manière de rire, il s'en prend à la drôlesse. Et j'te tanne pour un bécot, et j'te pince la joue, et j'te tire la natte... Maître La Boissière était là qui voyait pas, qui entendait pas. D'un coup, Agathe a décroché une rapière plus grande qu'elle. Personne a eu le temps de rien... L'Augustin s'est retrouvé à piauler, la main clouée au mur comme une chouette sur une porte de grange !

Raphaël en riait encore. Le jeune homme prenait un plaisir évident à parler d'Agathe et Nagîna l'encouragea du regard.

– Là, le père La Boissière s'est aperçu qu'il avait un descendant… pas une fille, remarquez bien ! À force de travail, il en a fait une des plus fines lames de France et de Navarre. Moi, j'ai été placé mousse chez un patron de pêche. Avec Agathe, on se retrouvait si on pouvait, le soir, sur les quais…

Les feux de Chassiron étaient loin derrière eux lorsque Nagîna reprit la parole.

– Agathe réclame vengeance pour un affront fait à son père. Elle n'a pas voulu se confier davantage, j'ignore pourquoi…

Raphaël resta songeur un moment. À la lumière bleutée de la lune qui perçait çà et là les nuages, ses cheveux semblaient d'argent, sa peau de nacre, son regard de fumée.

Un amoureux hanté, à la barre de son vaisseau fantôme, pensa Nagîna.

Le jeune homme se décida.

– L'automne dernier, *La Gorgone* est v'nue marauder dans les pertuis de l'île de Ré, pour tâter de la contrebande de sel, sans doute. Un soir, les pirates sont partis en bordée jusqu'à La Rochelle. Y cherchaient l'eau-de-vie, la ribaude, la bagarre. Y ont trouvé maître La Boissière, au coin du canal Maubec… Pas l'genre à laisser passer la canaille en s'collant au mur. Y l'ont frappé dans l'dos, pour sûr, sinon y seraient tous morts à c't'heure. Le vieux maître est resté par terre, dans la nuit de novembre, jusqu'au passage du guet. Quand on l'a ramassé, y bougeait plus qu'un œil et un bras. Agathe a juré de tuer le Commodore de ses mains. Depuis, le jour comme la nuit, elle brûle de honte et de haine.

Les rats

Agathe grelottait de fièvre et de fatigue, recroquevillée sur une étroite saillie de pierre, au-dessus de l'eau qui montait. Au matin, la meurtrière avait laissé entrer la lumière, mais aussi la mer.

La jeune fille avait rapidement pataugé dans une bourbe de vase et de goémons. Puis le flot avait atteint ses genoux, ses cuisses, son ventre. Affolée, elle avait tambouriné à la porte. Nul n'avait répondu. Pourtant, elle percevait les bruits familiers du port, les pas et les voix des gardes sur la passerelle de bois qui cerclait la tour, à quelques pieds au-dessus de sa prison.

Ce furent les rats qui la sauvèrent. Dans la pénombre, Agathe vit leurs yeux rougeoyer non loin du plafond. Elle crut d'abord à une hallucination due à son crâne cabossé. Puis elle s'aperçut qu'une imposte de quelques pouces de large soutenait le berceau de la voûte, tout autour de la pièce. Elle usa ses dernières forces pour se hisser sur l'étroite margelle, cala ses pieds dans l'angle et chercha un point d'appui. De la maçonnerie sortait un crochet de fer qui avait supporté plus d'un supplicié. Agathe se pencha jusqu'à le frôler. Cherchant lequel de ses vêtements en lambeaux pouvait former une corde, elle se rappela soudain le collier de cuir à son cou. Elle parvint à l'ôter, à le passer en boucle dans le crochet et s'y cramponna, les muscles noués de crampes.

De serrer dans son poing la pierre rose et ronde lui rappela les paroles de Nagîna. Pour la première fois depuis son enfance, Agathe appela sa mère à l'aide, dans un murmure. Au cours des longues heures qui suivirent, son esprit fiévreux vogua entre rêve et réalité. Elle entrevit un visage tendre, entendit une voix douce, lui répondit en bribes balbutiantes.

Dans l'angle opposé, les rats arpentaient leur refuge en couinant.

Dès que la marée se fut assez retirée, Agathe se laissa glisser de son perchoir. Ses jambes engourdies refusèrent de la porter et elle s'affala de tout son long dans l'eau glacée. Elle surnagea tant bien que mal, terrifiée à l'idée de se noyer en dormant. L'oubliette se vida quelques heures avant le coucher du soleil. Agathe sombra.

Un solide coup de pied dans les côtes l'arracha à sa profonde torpeur.

– T'as la vie dure, racaille ! grogna le geôlier, un nabot

contrefait mais musculeux. C'est-y qu't'as du sang de poisson dans les veines ?

Agathe s'efforça de rassembler ses esprits. Elle bredouilla :

– Elles… en danger… Commodore… prévenir Pons… de grâce… Pons de Roquelaure…

– Comprends pas c'baragouin ! L'sûr et l'certain, c'est que tu bougeras pas d'ici, hinhinhin…

– Le comte de Roquelaure, s'obstina Agathe, contraignant sa bouche sèche à articuler.

– Quoi qu'tu lui veux, au capitaine des Dragons ? C'est-y point assez d'attaquer les gardes de l'intendant, bougresse ? Enfin, t'as-tu d'la chance ? M'sieur l'comte, tu l'vois de ta fenêtre, embarqué sur *Le Soleil* pour aller courser le Hollandais.

Agathe eut un sursaut.

– Sang bleu ! Quand part-il ?

– Ah, l'amiral de Villedieu m'a point dit ses intentions, railla le gardien. Il y manque pourtant point d'habitude… hinhinhin…

Là-dessus, il claqua la porte, tira les verrous. Son pas bancal s'éloigna et le silence retomba. Agathe eut le sentiment d'être murée vivante dans son tombeau. Elle se hissa jusqu'à la meurtrière.

Pendant son sommeil, une escadre de vaisseaux de ligne était venue jeter l'ancre dans la rade. Une multitude d'embarcations les entourait, transbordant hommes d'équipage, soldats, vivres, munitions. *Le Soleil*, le navire amiral, était un majestueux vaisseau de premier rang, à trois ponts, à la poupe richement ornée de balcons dorés. Sa figure de proue était un astre immense, dont les rais illuminaient l'étrave. L'étendard royal bleu fleurdelisé d'or flottait à la poupe, l'étendard blanc de l'amiral de Villedieu à son mât de misaine. La magnificence de cette redoutable machine de guerre n'éclipsait pas sa puissance de feu. Agathe compta cinquante sabords sur son flanc tribord, soit un total inouï de cent canons. Les autres bâtiments étaient des vaisseaux de premier et de second rang, lourdement armés. À l'instar du régiment de Pons de Roquelaure, des troupes de soldats y embarquaient pour livrer combat sur mer et sur terre. Une opération d'envergure se préparait. Maudissant son impuissance, Agathe frappa la muraille du poing.

Soudain une furieuse bataille de rongeurs éclata dans son dos. Elle les dispersa à coups de pied et trouva un croûton aussi dur qu'un galet, sans doute jeté par le gardien. Elle se força à grignoter son pain rassis, l'arrosant de larmes amères. Autour d'elle, les yeux rouges flamboyaient de frustration. Elle finit par leur lancer quelques miettes.

– Il y a peu de chances que je survive à la prochaine marée… Mais, ventre-saint-gris, soyez d'honnêtes rats : attendez que je sois morte pour me bouffer !

La robe de soie

À la lueur d'une chandelle fumeuse, Olympe et Sylvine lâchaient aussi vite que possible les coutures de la robe de soie grège qu'elles avaient soigneusement bâties tout le jour. La robe de mariée de la jeune baronne réclamait ainsi moult ajustements, essayages et réajustements. Le Commodore suivait ces travaux d'aiguille d'un œil soupçonneux et impatient. Lorsqu'il exigeait qu'elles se hâtent, les deux femmes lui faisaient des réponses enjouées, farcies de « pince de poitrine », de « laçage à la duchesse », de « manches en amadis » et autres « plissés de poignet ». Le pirate ronchonnait dans sa barbe mais rongeait son frein, n'osant contrarier la souriante frivolité de sa future. Bien sûr, il ignorait que chaque nuit Olympe s'endormait secouée de sanglots et se réveillait en hurlant d'effroi. Les tisanes de tilleul et les tendres attentions de Sylvine n'y changeaient rien.

Le mariage était fin prêt. Le curé de la paroisse de Talmont avait consenti, un écu dans la main et un poignard sous la gorge, à venir bénir cette union sur le pont de *La Gorgone*. Une fière noce était ensuite prévue pour tout l'équipage avec banquet, gnôle à gogo et violoneux. Les quartiers-maîtres avaient reçu ordre que les ponts fussent briqués, les cuivres fourbis, le gréement pavoisé. Au risque d'une mutinerie, le Commodore avait exigé de ses hommes qu'ils se récurent. Lui-même, harcelé par Sylvine, avait montré l'exemple en prenant le premier bain de sa vie.

Au lendemain d'une nuit de noces dont le pirate attendait mille plaisirs, il déhalerait à la première marée. *La Gorgone* profiterait des alizés pour cingler vers les Antilles et sa route croiserait sûrement celle d'un galion espagnol alourdi d'or. Puis cap vers les côtes de Guinée pour s'avitailler, une longue escale à Madagascar dans la patrie des forbans de tous poils, et enfin la mer Rouge et le riche trafic de la Compagnie des Indes orientales…

À l'accomplissement de ce grand dessein, il ne manquait qu'une robe de soie. Sous la lame des ciseaux, les points lâchaient, les pans de tissu se désunissaient, la robe s'évanouissait. Penchée sur l'ouvrage, les sourcils froncés, la bouche pleine d'épingles, Sylvine écoutait Olympe se lamenter à voix basse.

– Je ne supporterai pas l'humiliation de ce mariage. Je préfère m'ouvrir les veines plutôt que d'appartenir à ce misérable ! Mon Dieu, par pitié, envoyez-nous du secours…

La porte de la cabine s'ouvrit alors avec fracas, mais en guise d'ange salvateur le Commodore apparut, l'œil enflammé. Dans son ombre, le Cramé triomphait :

– J'l'avais bien dit. A défont leurs affûtiaux dans vot' dos. Voilà trois nuits qu'j'les voye faire !

Le Commodore fixait les deux femmes avec férocité.

Olympe se mit à trembler de tous ses membres. Sylvine tenta une ultime diversion.

– Alors on travaille jusqu'à point d'heure, et voilà c'qu'on...

– Tais-toi, galeuse, ou j'te fais fouetter au sang ! Traîtresse ! Tu t'es acoquinée avec la donzelle ! Vous pensiez me rouler dans la farine comme un blanc-bec ? Moi, le COMMODORE !

– Mais, mon ami..., bredouilla Olympe.

– SILENCE ! Vous vous moquez de votre seigneur et maître ! Vous serez châtiée !

– C'est pas elle ! plaida Sylvine. C'est moi qui...

– Flanquez-moi cette vipère aux fers ! À FOND DE CALE ! vociféra le Commodore.

Olympe se jeta aux pieds du pirate.

– Épargnez-la, je vous en conjure ! Je vous obéirai en tout...

Le Commodore la repoussa brutalement.

– Gardez courage, mademoiselle Olympe ! lança Sylvine en sortant sous la menace d'un tromblon, la tête haute.

– Tu seras moins fière d'ici peu, engeance ! ricana le forban. Et vous, la mijaurée, soyez demain, à midi sonnant, sur le pont, prête pour nos épousailles. Portez les nippes que vous voudrez, peu m'importe, vous les gard'rez pas longtemps sur l'dos !

Il éclata d'un rire graveleux et tourna les talons.

Puisque tout était perdu, Olympe décida de sauver l'honneur. Elle tira son poignard et s'élança.

Mû par un instinct de survie maintes fois éprouvé, le Commodore se retourna, cueillit au vol le poignet fragile et le tordit d'un coup sec. Olympe heurta la cloison, à moitié assommée. Le pirate lui arracha son couteau sans efforts.

– Ma mie, où vous avez trouvé un coupe-chou de ce calibre ? C'est cette garce de cuisinière, j'parie ?

Olympe s'efforçait de ne pas gémir, de ne pas pleurer. Le Commodore eut un rictus sadique.

– Vous êtes une bécasse plus amusante à chasser qu'il n'y paraît... J'm'en pourlèche les babines...

Il lui appliqua son mufle poilu et puant sur les lèvres, en un baiser ruisselant de bave, la pétrit de ses mains dures. Lorsque enfin il la lâcha, Olympe glissa lentement au sol et y demeura, pantelante, meurtrie jusqu'au tréfonds de l'âme.

L'évasion

– Agathe !

…

– Pssst, Agathe, t'es là ?

…

– A-ga-the !

La voix vint chercher Agathe loin, très loin, dans le néant où elle s'abandonnait. Son âme s'y accrocha comme un naufragé à une épave.

– Maman ? Emmène-moi, maman…

Elle tendit l'oreille. C'était une voix d'homme… ou un nouveau tour que lui jouaient la fièvre, la soif, la peur ?

– Agathe ! Tu dors ? Nom d'un bigorneau !

Raphaël ! Lui ! Sans chercher à comprendre, elle rampa vers la meurtrière, croassant d'une voix faible :

– Je suis ici… Raphaël…

Soudain une tête apparut en ombre chinoise sur le ciel bleu nuit. Agathe gémit de joie.

– Agathe, c'est toi ? Je ne…

Une bourrasque emporta les mots du jeune homme. Il faufila sa main par l'ouverture. Agathe tendit la sienne. Leurs doigts s'enlacèrent.

– Tu es glacée !

– Oh, Raphaël…

– Agathe…

Cette fois, une vague déferla et les trempa tous les deux.

– Tu m'as trouvée… mais comment ?

– Tout de même ! C'est *mon* port !

Agathe sourit. Ses lèvres en saignèrent.

– Agathe, on a peu de temps ! Je dois te donner…

Une nouvelle vague les éclaboussa et Raphaël disparut, avalé par l'obscurité. Agathe réalisa qu'il avait dû grimper sur les madriers du soubassement de la tour, juste sous le chemin de ronde et que la mer montait…

– Raphaël !

Il réapparut, dégoulinant. Cramponné au barreau de fer de la meurtrière, il entreprit de glisser des ballots par l'étroite ouverture. Agathe, éberluée, réceptionna une épée dans son fourreau et un sac de cuir souple.

– L'épée, j'l'ai empruntée… le sac… Nagîna. Tu dois…

– Comment ? Nagîna est avec toi ?

– Oui, on… *La Sarcelle*…

Les hurlements du vent le contraignirent au silence.

– … pas le temps… Bois la potion… Dans une heure… élimine… geôlier… on… au bout du quai, l'escalier de…

– Mais les gardes ?

– … achetés… meront les yeux… – entendit Agathe par-dessus le fracas du ressac. – Sois… prudence…

– Raphaël, je… tu…

Le jeune homme effleura ses doigts d'un baiser.

– Si t'as du temps… penses-y… Ag… La Boissière… Raphaël… patron de pêche… est-ce que… s'aimer et… arier ?

Une rafale balaya la suite. Agathe pressa son visage à l'ouverture de pierre.

– Quoi ? QUOI ? RAPHAËL !

Pour toute réponse, venu du noir de la nuit, un gros paquet de mer lui cingla la figure. Debout devant la meurtrière, l'épée serrée contre son cœur, Agathe essuya d'un revers de poignet l'eau salée qui inondait ses joues.

Le sac de cuir révéla un châle d'indienne d'une douceur exquise, qu'Agathe noua à son cou. Malgré sa finesse, il était chaud et réconfortant. Elle eut l'impression que le bras même de Nagîna s'était posé sur ses épaules. Elle trouva aussi une gourde d'eau pure, un morceau de fromage, du pain, des pommes sèches et enfin une fiole de terre cachetée de cire. Elle en brisa le bouchon et la renifla prudemment. Un fumet âcre lui sauta au nez.

– Encore une sorcellerie ! grommela-t-elle.

Mais elle se pinça les narines et engloutit la médecine d'un trait.

Il lui sembla avoir avalé un seau de braises. Elle hoqueta, toussa, cracha, les yeux pleins de larmes. Son estomac fit des bonds désordonnés pour échapper à la mixture. Entre deux haut-le-cœur, elle bredouilla :

– Du jus de poudre à canon ! La diablesse veut m'empoisonner !

Mais aux spasmes succéda bientôt une énergie nouvelle. Le sang fouetté courait dans ses veines, apportait force et vigueur à ses membres endoloris. Son désespoir se dissipa comme brume du matin, lui laissa l'esprit vif, le cœur ardent. Elle vida sa gourde, dévora son casse-croûte et se sentit d'attaque pour un peu d'entraînement.

Le chant de l'épée jaillissant du fourreau la fit rire de plaisir. Elle lécha le sang sur ses lèvres craquelées et se fendit d'une botte imparable.

Lorsqu'Agathe se sentit de nouveau la main sûre et les muscles déliés, la mer atteignait déjà ses genoux. Elle se mit à marteler la porte du cachot avec le pommeau de l'épée. De longues minutes s'écoulèrent avant que le nabot ne se décide à descendre. Il fulminait.

– Ah, chiabrena ! M'en vais te dresser ! Tu vas tâter de mon bâton, puterelle !

Il tourna la clef dans la serrure, poussa le battant et sa voix s'éteignit comme une chandelle soufflée.

Agathe tira la pointe d'acier du cou du geôlier. Un flot de sang noir éclaboussa le sol. Elle resta pétrifiée tandis que le corps gargouillait à ses pieds. En dépit de ses rodomontades sanguinaires, c'était la première fois qu'elle prenait la vie d'un être humain. Elle respira un grand coup et roula le cadavre dans le cachot en chuchotant :

– Messires les rats, je vous souhaite de crever d'indigestion !

L'oreille aux aguets, l'épée pointée, elle s'engagea dans l'escalier en colimaçon.

Des éclats de voix lui parvinrent, que l'écho renvoyait confusément d'un mur à l'autre. Elle avait entendu parler du fameux double escalier de la tour Saint-Nicolas, mais elle en mesurait à présent la complexité. Creusés dans l'épaisseur même de la formidable muraille, deux escaliers imbriqués l'un dans l'autre permettaient aux occupants d'accéder aux étages sans jamais se croiser. Par endroits, d'autres escaliers tortueux plongeaient vers la salle du veilleur, les cachots ou les réserves de munitions. D'autres grimpaient jusqu'aux appartements du capitaine, à la chapelle, aux terrasses. L'ensemble formait un entrelacs effrayant de portes masquées, de couloirs et de recoins. Agathe arriva sur un palier d'où partaient deux volées de marches sous des passages voûtés. Elle tenta de s'orienter dans le noir. Il lui fallait trouver la sortie sans tomber sur les gardes. Même corrompus, ils ne pourraient ignorer l'évasion d'une prisonnière si elle interrompait leur partie de jacquet une arme à la main.

Elle se décida pour la droite. À pas feutrés, sa main libre effleurant le mur, elle monta les marches. Les voix s'éloignèrent. L'escalier n'en finissait pas. Soudain, elle aperçut une porte en ogive rehaussée d'un blason de pierre. En s'approchant, elle reconnut le lion léopardé, l'antique emblème du maire de la ville. Derrière la porte, se trouvait probablement l'étude du capitaine de la tour. Elle jura tout bas et fit prudemment demi-tour. Sur sa gauche s'ouvrait un nouveau palier, qui lui-même donnait accès à…

Elle n'eut que le temps de se rejeter en arrière. Dans la grande salle ronde, les pieds à la chaleur d'un feu, un gentilhomme lisait. Agathe eut l'impression que son cœur battait aussi fort qu'une cloche d'alerte. Elle recula, recula encore, sentit l'affolement la gagner. Elle s'était perdue. Le temps passait, les gardes reprendraient bientôt leur poste. Elle résolut de compter sur le hasard ou sur la chance, et tant pis pour le bruit. Elle dévala un escalier, s'engouffra dans un autre, monta, descendit, galopa le plus silencieusement possible, le souffle court. Des bruits de pas et des cliquetis d'armes l'avertirent que les gardes rentraient en fonction.

– Maman… Tu ne m'as pas épargné la noyade pour me laisser trucider, n'est-ce pas ? murmura-t-elle.

Un vent coulis lui ébouriffa alors les cheveux. Elle se précipita et découvrit, derrière une lourde tenture, une meurtrière qui donnait sur la tour de la Chaîne. Elle sut alors où diriger ses pas. Quelques minutes plus tard, elle se faufilait par la massive porte d'entrée restée entrebâillée. Cet arrangement avait dû coûter une fortune ! En quelques enjambées, elle parcourut le rempart. Impossible de voir si la herse était relevée. Elle décida de ne pas abuser de sa chance, enjamba le parapet et se laissa tomber dans le noir.

Le choc fut rude, mais la joie d'être libre lui donnait des ailes. Agathe se sauva, courbée dans l'ombre de la muraille. Bien que le ciel fût encombré de nuages sombres, elle trouva aisément le vieil escalier de pierre de la cale de radoub. Comme promis, une barque et deux amis l'y attendaient.

Raphaël, tout sourire, lui tendit la main.

– Alors ? T'as réfléchi ?

Le comte de Roquelaure

– Crénom ! Raphaël ! Pas maintenant ! s'indigna Agathe.

Raphaël retira sa main.

– Oui ou non ?

– Quelle tête de pioche ! Oui, ils peuvent s'aimer ! Là ! Tu es content ?

– Et se marier ?

– Raphaël Charlopeau, t'en demandes trop d'un coup, sacrebleu de nom d'un chien !

Le jeune homme fit mine de réfléchir, puis ouvrit grands ses bras.

– J'me contenterai de l'amour, alors !

Agathe lui sauta au cou, manquant faire verser la chaloupe. Nagîna peina à équilibrer l'embarcation tandis que les amoureux s'embrassaient avec passion. Le tangage les arracha toutefois l'un à l'autre.

Agathe se glissa aux côtés de Nagîna sur le banc de nage.

– Merci pour tout, chuchota-t-elle. Plus jamais je ne douterai de toi.

Nagîna prit sa main dans les siennes.

– Si tu le veux, tu seras ma sœur désormais, ajouta Agathe, la gorge nouée.

– C'est une joie, et un honneur, murmura Nagîna.

Elles s'étreignaient quand, tout à coup, Agathe s'aperçut que la barque se dirigeait vers le port.

– Non ! Demi-tour ! Pons de Roquelaure a embarqué sur *Le Soleil*, le navire amiral. Il faut l'y rejoindre !

– On nous laissera jamais monter à bord, rétorqua Raphaël. On ira tous croupir en prison ou pire encore !

– Mais Olympe ? Sylvine ? Juba ?

Nagîna lui fit un bref récit de la traîtrise du Commodore, de son projet de mariage et de sa propre évasion.

– Si *La Gorgone* quitte la Gironde, nos amis sont condamnés, s'écria Agathe. Il n'y a pas de temps à perdre !

– Nous pourrions nous présenter et implorer une audience ? suggéra Nagîna.

– On voit qu'vous connaissez pas la Royale, contesta le jeune homme. On prendrait un coup d'mousquet avant de dire « ouf ».

– Raphaël, si tu ne m'y emmènes pas, j'irai à la nage, affirma Agathe.

– Moi aussi, appuya Nagîna.

Raphaël vira de bord en soupirant :

– Deux mules dans une seule barque, c'est trop…

Les bâtiments de l'escadre étaient gigantesques. Alors que le vent forcissait encore, qu'un clapot sec secouait la rade, ils restaient aussi immobiles que des montagnes, leurs flancs de bois tels des remparts, leurs gréements perdus dans le ciel.

La godille de Raphaël les conduisit au *Soleil* sans encombres. Il s'apprêtait à héler le bord, quand une voix rugit au-dessus de leurs têtes :

– Halte ! Qui va là ?

– Amis ! Deux dames qui veulent s'entretenir avec le comte de Roquelaure.

– À cette heure ? En voilà qu'ont le cul chaud !

Nagîna retint Agathe qui se dressait pour aller corriger le bélître.

– Le bord est interdit aux civils. Surtout aux femmes !

– C'est une question de vie ou de mort !

– Les ordres, c'est les ordres.

– Je vous en prie, cria Nagîna. Prévenez au moins l'officier de quart.

– C'est moi, tudieu ! Déhalez à l'instant ou j'descends vous tailler les oreilles en pointe !

– La peste étouffe les militaires, gronda Agathe. Partons.

D'un coup d'aviron, Raphaël éloigna la barque.

– On abandonne ?

– Certes non ! Où dorment les officiers sur un rafiot pareil ? demanda Agathe.

– À la poupe, mais…

– Mène-nous là-bas, j'ai une idée.

Au moment où ils arrivèrent sous l'immense château arrière surchargé de dorures, Agathe se pencha vers Nagîna. Elles chuchotèrent, prirent ensemble leur souffle et hurlèrent en chœur :

– ROQUELAURE ! OLYMPE EST EN DANGER ! ROQUELAURE ! OLYMPE…

Raphaël les regardait, abasourdi.

Ces cris de femmes, au beau milieu de la nuit, provoquèrent un joli branle-bas de combat.

Fou de rage, l'officier de quart les invectivait du gaillard d'arrière mais ne pouvait les atteindre sous les balcons. Il lui fallut mettre une chaloupe à l'eau, mais entretemps les fenêtres de l'amiral s'étaient éclairées et monsieur de Villedieu en personne avait passé la tête, coiffé d'un bonnet de nuit, pour observer l'incident.

Les jeunes femmes criaient toujours à tue-tête le nom de Roquelaure et cette clameur finit par tirer le comte de son châlit. Sans perruque et sans bottes, enfonçant sa chemise dans ses chausses, il se précipita au carré des officiers.

Un vacarme inouï emplissait la petite cabine. Les gardes avaient arrêté deux hommes et une femme. Celle-ci, une Maure voilée de la tête aux pieds, se débattait comme un démon entre les mains d'un lieutenant qui voulait découvrir son visage. Trois soldats tenaient tant bien que mal les deux autres.

– Lâchez cette femme, ordonna le comte, et le chahut diminua.

L'entrée de l'amiral de Villedieu, moustaches frémissantes de colère, ramena le silence. Le plus jeune des prisonniers en profita pour interpeller le comte, avec une surprenante voix de fausset.

– Roquelaure, votre fiancée Olympe…

– Ta gueule ! hurla le lieutenant en le frappant de la crosse au creux des reins.

Le jeune tomba à genoux, suffoqué.

– Connaîtriez-vous cet individu, monsieur de Roquelaure ? interrogea l'amiral.

– Je ne le crois pas, amiral. Je fus en effet fiancé à mademoiselle Olympe d'Avremont, baronne de Haussy, mais celle-ci décéda naguère, à sa sortie de couvent.

– Olympe est vivante, commença Nagîna. Je vous supplie de…

– La Mère supérieure en personne m'apprit sa mort, coupa le comte. Je ne goûte point cette plaisanterie morbide !

– Enfin, nous direz-vous qui vous êtes ? interrogea l'amiral, excédé.

– Nagîna, fille de Saïd Bin Sallah Bin Omeir, cheick du sultanat d'Oraïz.

– Raphaël Charlopeau, patron de pêche. La demoiselle que vot'lieutenant a massacrée, c'est Agathe La Boissière.

– Une demoiselle ? s'écria l'amiral.

– La Boissière ? s'exclama le comte de Roquelaure.

Agathe releva la tête, les dents serrées.

– Oui, La Boissière ! Des réformés, ne vous déplaise ! Sachez que mon grand-père soutint le Grand Siège jusqu'au dernier jour. Même Richelieu, qui fut un boucher d'une autre trempe que vos Dragons, salua son courage !

– Je pensais surtout au maître d'armes dont la renommée est parvenue à la Cour, remarqua le comte. Il se dit même que sa fille… Est-il possible que vous soyez…

– Si ce faquin n'avait pas mon épée, vous auriez votre réponse !

– Mais que faites-vous ici ? Dans cet… accoutrement ?

– Je viens recevoir quelques plaisants coups de crosse, après avoir tâté de vos geôles exquises ! siffla Agathe.

– Il suffit de cette impertinence ! s'impatienta l'amiral. Pourquoi accorderions-nous crédit à vos propos ?

– Comte de Roquelaure, intervint Nagîna, mon amie vous aurait-elle reconnu si Olympe ne lui avait montré votre portrait ? Une miniature ovale, vous en souvenez-vous ?

– Certes ! Je le fis peindre avant de partir sur le front de Lorraine et lui envoyai au couvent. Elle fit de même et je découvris alors la beauté de ma bien-aimée dont les missives, empreintes de noblesse et d'esprit, enchantaient mon âme. Sa mort me brisa…

Agathe leva les yeux au ciel.

– Ventre-saint-gris ! Vous faites une belle paire de niaiseux !

– Olympe serait donc vivante ? Mais où est-elle ?

– Aux mains d'un pirate qui se fait appeler Commodore.

– Vous dites ? s'exclama l'amiral. Ce fieffé bandit écume les côtes de Guyenne depuis des lustres. L'an passé, j'ai conduit quatre vaisseaux contre lui, à la requête du Parlement de Bordeaux, en vain ! Le gredin était parti chercher fortune ailleurs.

– Non point. Il s'est établi dans des grottes creusées dans la falaise, à quelques lieues en aval de Meschers. Là, il a pris tout son temps pour caréner et ravitailler sa frégate.

– Vous connaissez donc ses plans ?

– Hé ! Il compte épouser cette chère Olympe et l'engrosser d'une fournée de marmots, avant d'appareiller pour Dieu sait où.

Pons de Roquelaure pâlit.

– Seigneur…, souffla-t-il, Olympe est-elle consentante ?

Agathe, outrée, cherchait toujours une répartie cinglante quand Nagîna reprit la parole.

– Olympe est sa prisonnière. Depuis des mois, désespérée, elle attend votre aide. Nous avons fui au péril de notre vie et nous sommes venus vous prévenir. Chaque seconde compte.

Le comte se tourna vers l'amiral.

– Accordez-moi de débarquer avec trente de mes hommes, afin de porter secours à mademoiselle d'Avremont.

– Mon ami, malgré votre courage, seul face à une frégate… Non, l'occasion est trop belle : grâce à ces forbans, nous peaufinerons les manœuvres de l'escadre et débarrasserons le Roy de quelques ennemis du repos public. Monsieur le Premier Maître, nous appareillerons à l'aube.

– Ce sera trop tard… sauf vot' respect !

Le Maumusson

Tous les regards se tournèrent vers Raphaël qui tordait son bonnet dans ses mains.

– Explique-toi, vite, mon lit m'attend ! s'agaça l'amiral.

– Le temps que vos vaisseaux déhalent, r'montent le pertuis d'Antioche, passent au large d'Oléron jusqu'à embouquer la Gironde, *La Gorgone* aura décampé. La baronne itou.

– Prétends-tu faire voler l'escadre au-dessus de l'île ?

– Y'a le Maumusson, m'sieur.

L'amiral secoua les épaules comme pour en faire choir cette idée saugrenue.

– Allons donc ! Cela ne se peut !

– Qu'est-ce que ce Maumusson ? insista de Roquelaure.

– Rien de moins qu'un cimetière marin, répondit l'amiral irrité. Figurez-vous, entre l'île d'Oléron et la côte, un goulet encombré de sables mouvants. L'Atlantique y jetant ses eaux contre celles du pertuis et de la Seudre, il tourbillonne là les plus féroces courants d'Europe. Et une houle ! Par forte brise, on entend gronder le Maumusson à dix lieues à la ronde. Par beau temps, les eaux sont calmes, mais malheur au navire qui touchera un banc de sable… il s'enfoncera jusqu'aux cacatois sans un remous. L'ordre fut-il de Dieu lui-même que je n'y risquerais pas ma flotte ! Sur ce, bonne nuit !

– Le vent est à l'est ! osa Raphaël d'une voix pressante. Sûr qu'un bateau léger peut passer, juste à l'étale de haute mer ! Nous autres pêcheurs, on l'fait !

– Eh bien, mon garçon, vas-y donc !

L'amiral accompagna sa réplique d'un papillonnement de main blanche.

– Oui da, si mon cotre avait pas pris un boulet du Commodore, fit Raphaël, amer.

Agathe, que cet échange enrageait, n'y tint plus.

– Voilà l'honneur de ces messieurs de la noblesse ! Qu'un pêcheur risque sa vie et son bien pour secourir l'une des leurs, tandis qu'ils ronfleront dans leurs plumes !

L'amiral de Villedieu se figea. Un silence de plomb s'abattit sur le carré des officiers.

– Monsieur, s'empressa de Roquelaure, une inquiétude légitime fait déparler cette demoiselle. Pardonnez-lui et ne considérez que le sort de la baronne. Confiez-moi un bâtiment, quelque transport de troupe qui me permettra de retenir les forbans jusqu'à votre arrivée. Je prends tous les risques en mon nom. Toutefois si, grâce à Dieu, nous parvenons à libérer ma promise et à vaincre ces rebelles, ce mérite vous vaudra, j'en suis sûr, la reconnaissance de Sa Majesté...

L'amiral se livra à un rapide calcul mental.

– Soit. Roquelaure, prenez à vos risques et périls le commandement de *La Providence*. Au pire, vous ne perdrez que vous-même, un brigantin et dix canons.

Et sans un regard pour l'assistance, l'amiral repartit se coucher.

Dès qu'il fut sorti, Pons, Nagîna, Agathe et Raphaël se précipitèrent tous à la fois vers la porte.

– Mesdames, vous ne pensez pas..., commença Pons.

– Si. Nous pensons, répliqua Agathe. Évitez ce genre de fadaises à l'avenir, et faites-moi rendre mon arme.

– Olympe et deux autres de nos amis sont en danger sur *La Gorgone*, expliqua Nagîna. Nous devons y retourner.

– M'sieur, la marée attend pas..., le pressa Raphaël.

– Comme il vous plaira, concéda Pons en soupirant.

Mais Nagîna était déjà partie, suivie d'Agathe qui arracha au passage son épée au lieutenant et lança par-dessus son épaule :

– Sans bottes, c'est pas grave. Mais sans perruque, Olympe ne vous reconnaîtra pas.

Pons baissa les yeux vers ses pieds nus.

– Lieutenant, allez me chercher mon sabre et mes bottes, ordonna-t-il. Ensuite vous nous mènerez sur *La Providence*.

Le deux-mâts *La Providence* était un brigantin d'escorte de belle allure, jaugeant quarante-cinq tonneaux. Pons de Roquelaure en prit le commandement, désigna Raphaël comme pilote et laissa le soin des manœuvres au capitaine, un certain Joseph-Jean Navarre. Lequel fut bien marri d'apprendre qu'il allait franchir le Maumusson à la pointe du jour. Mais la mutinerie étant punie de mort dans la Royale, il fit tirer ses hommes de leurs hamacs et lever les ancres.

Nagîna et Agathe furent d'abord cantonnées dans la cabine du capitaine malgré leurs protestations. Pons de Roquelaure les y rejoignit et les questionna longuement sur Olympe, sur leur serment de vengeance, mais aussi sur *La Gorgone* et les forces dont disposait le Commodore. Agathe, bercée par le roulis et le murmure des voix, s'endormit sur l'épaule de son amie.

Les étoiles pâlissaient quand la vigie annonça les lumières de la citadelle de Brouage à bâbord et du château d'Oléron à tribord. Ils étaient entrés dans le redoutable entonnoir que formaient la côte et l'île. L'équipage fut appelé sur le pont et le vacarme tira Agathe du sommeil. Les deux jeunes femmes enfilèrent des cabans humides et montèrent sur la dunette. Raphaël y faisait les cent pas. Les yeux lui brûlaient de scruter la nuit, la charge de toutes ces âmes confiées à sa gouverne le torturait. Il demanda bientôt qu'on réduise la voilure et qu'on désigne un sondeur.

Un homme se posta dans les haubans avec une sonde et jeta à l'eau la longue ligne lestée de plomb.

– Sept brasses et plus ! cria-t-il.

Raphaël approuva de la tête. *La Providence* était pour l'instant dans le chenal d'eau profonde. Il repassait dans sa mémoire les obstacles mortels qui jalonnaient leur chemin jusqu'à la pleine mer : les sables de Brouage, la roche d'Erre, les hauts-fonds de la Bourette, le banc de Gatseau, la pointe d'Arvert...

– Crois-tu qu'on ait une chance ? murmura Nagîna à l'oreille d'Agathe.

Celle-ci fit la moue.

– Maumusson, par ici, ça veut dire « mauvais passage ». On dit que le pertuis est hanté. Une cité y aurait été engloutie, jadis, et le clocher de l'église sortirait de l'eau à marée basse...

– Cinq brasses ! annonça le sondeur.

Le goulet se rétrécissait. Raphaël réclama la vitesse du courant.

– Trois nœuds !

– Faut laisser porter ! Le chenal tribord est plus profond et le sable est dur de c'côté.

Dans le jour naissant, des brisants d'écume blanche révélaient des périls immenses et masqués.

L'équipage retenait son souffle. Chaque homme sentait sa vie sur le fil du rasoir.

– Trois brasses ! Cinq nœuds.

Jusqu'alors impassible, le capitaine Navarre fronça les sourcils. *La Providence* jaugeait une brasse et demie.

À l'approche de l'océan, le vent fraîchit soudain. La lourde houle, d'un vert glauque, se creusa encore. Une lueur blafarde dessina lentement les côtes. Sable clair, lande brumeuse et forêt sombre.

– Deux brasses ! s'égosilla le sondeur.

– Plus que trois pieds d'eau sous la quille, grogna le capitaine.

Raphaël n'avait rien à répondre. Il était impossible de changer de route, de remonter le courant ou même de virer de bord dans la passe étroite. Le sort en était jeté. Nagîna saisit la main d'Agathe. Tous se crispèrent, guettant le heurt mol de la coque sur un haut-fond, prémisse du lent naufrage.

– Quatre brasses ! hurla tout à coup le sondeur.

La Providence avait retrouvé l'eau profonde. Ils avaient vaincu le Maumusson. À cet instant, les premiers rayons du soleil touchèrent les plus hautes voiles du brigantin et les illuminèrent d'or rose. Une salve de hourras éclata sur le pont. Les Dragons se congratulaient, des marins esquissaient un pas de danse. Le capitaine Navarre tourna les talons en marmonnant des imprécations soulagées. Agathe, triomphante, s'accrocha au bras de Raphaël. Pons se fendit d'une courbette guindée.

– Ce fut mené de main de maître. Félicitations, monsieur.

Raphaël eut un pâle sourire.

– Disons qu'la chance nous a souri. Mais le plus dur est devant…

Les épousailles

En ce jour de noces, le soleil brillait de tous ses feux dans un ciel sans nuages quand Olympe, échevelée, les yeux bouffis, se présenta au Commodore et le supplia de lui rendre Sylvine, ne serait-ce que le temps de lacer son corset. Grand seigneur, celui-ci y consentit.

Elles se retrouvèrent dans la cabine de la baronne, pleurant et riant à la fois.

– Chère Sylvine, sanglota Olympe, j'ai cru te perdre. Je t'imaginais fouettée, jetée agonisante dans l'eau croupie !

– Oh, non ! Y m'ont enfermée dans le casier aux voiles. C'était bas de plafond, mais sec et mou. J'ai quand même pas fermé l'œil, tant j'craignais une bêtise de vot'part. Et pis y veulent un festin, faut bien une cuisinière. Depuis l'aube, j'embroche des chapons !

Olympe sourit à travers ses larmes.

– Comme tu m'as manqué ! Qu'allons-nous faire, maintenant ?

– Rester en vie. Et si, pour ça, faut vous marier, ben tant pis. Vous s'rez pas la première à épouser un goret, on en meurt point. Un jour, le rufian paiera s'qu'y doit. Et rubis sur l'ongle, j'le jure sur la mémoire de mes petits !

Olympe soupira à fendre l'âme mais releva bravement le menton.

– Coiffe-moi, s'il te plaît, que je fasse bonne figure au déshonneur.

Sylvine entreprit de démêler les fins cheveux blonds et de les rassembler en un chignon serré.

– As-tu pu voir Juba ? s'enquit Olympe.

– Hé non ! J'suis gardée à la coquerie tout à l'avant du bateau. Quand bien même, j'entends pas plus son patois qu'y comprend le mien ! À c't'heure, le pauv'drôle doit perdre la tête, sans sa maîtresse…

Juba n'avait pas perdu une once de raison. Il employait son intelligence et sa force à creuser la paroi de la soute à barils d'eau douce où il était prisonnier. La cloison était faite de traverses de châtaignier propres à retenir des tonneaux contre le roulis. À mains nues, Juba avait dépouillé un baril d'un de ses cerclages de fer et avec cet outil improvisé il élargissait patiemment la jointure entre deux planches.

À midi sonnant, il cessa son travail et prêta l'oreille au remue-ménage qui faisait frémir toute *La Gorgone.*

L'orchestre du bord, violon, guimbarde et fifrelins, jouait une bourrée en guise de marche nuptiale. Rangés comme à la parade, les pirates présentaient les armes à la promise. Leurs sabres, haches, mousquets et tromblons étincelaient. Des pavillons bariolés claquaient gaiement dans les haubans. Sylvine, qui s'apprêtait à jouer la demoiselle d'honneur, fut arrêtée dès le premier pas et renvoyée à la coquerie. Vêtue d'une simple robe de taffetas bleu, sans fards, sans bijoux, Olympe s'avança entre les forbans d'un pas de condamnée au bûcher.

Le Commodore lui, était en grande toilette. Il avait puisé dans les coffres glanés durant sa dernière campagne une garde-robe qui, pour être abondante, n'en était pas moins dépareillée. Il portait donc des culottes de velours lilas, un extravagant jabot en dentelles de Bruges, un pourpoint ventre-de-puce, une redingote moirée à ramages fleuris. Ses mollets étaient moulés de soie et il avait réussi à contraindre ses larges pieds dans d'aristocratiques souliers à talons rouges et à boucles d'argent. Sa vêture se parachevait d'une grand-croix de l'ordre de Saint-Lazare de Jérusalem au bout d'un ruban vert, de gants en chevreau beurre frais et d'un large chapeau à plumes d'autruche. Ses hommes s'étaient extasiés devant cette mise extraordinaire. Pas un n'eût osé livrer sa pensée, à savoir que le chef ressemblait plus à un monstrueux perroquet tropical qu'à un jeune marié.

À ses côtés, le curé réquisitionné faisait montre d'autant de prestance et d'affabilité qu'un cancrelat. Sec, le teint jaune, la soutane grise et mitée, il regarda s'avancer la jeune fille d'un œil torve. Olympe l'ignora et vint se poster à la droite du Commodore, à deux pas de distance.

– Ma mie, vous êtes à croquer ! la complimenta le pirate.

À patienter ainsi au soleil, son teint rubicond avait pris une carnation pourpre. Les prunelles d'Olympe étaient deux glaçons opaques, ses lèvres exsangues.

– Commençons, grogna le Commodore.

La musique cessa, les flibustiers affichèrent des mines recueillies. Sylvine se haussa sur la pointe des pieds pour tenter d'apercevoir la cérémonie.

Sur un guéridon, l'ecclésiastique disposa un missel en lambeaux, un crucifix et un calice de vil métal. Baragouinant du latin de cuisine, il enfuma généreusement l'assistance à grands coups d'encensoir. Olympe et le Commodore, en première ligne, se mirent à tousser dans des bouffées de luzerne moisie. Le pirate fusilla le curé d'un œil sombre et celui-ci écourta la fumigation. Il marmotta des *Amen* et des *Agnus dei*, accomplit moult génuflexions et signes de croix, puis brandit son crucifix vers le couple.

– En ce jour, le seize de juin de l'an mil six cent quatre-vingt et quatre, et sans qu'il se soit découvert aucun empêchement au mariage, nous, prêtre de Sainte-Radegonde, allons recevoir le mutuel consentement des promis et leur donnerons la bénédiction nuptiale prescrite par la Sainte Église.

Olympe semblait ne rien entendre. Le Commodore dut se pencher et lui saisir la main, inerte et froide comme celle d'une morte.

– Commodore, jurez-vous, devant Dieu tout-puissant et devant les hommes, de prendre pour épouse Olympe d'Avremont, baronne de Haussy, ici présente, de la protéger et de l'aimer jusqu'à ce que la mort vous sépare ?

– Plutôt deux fois qu'une ! tonitrua le Commodore.

Une ovation salua cet engagement solennel. Le silence revint peu à peu.

– Olympe d'Avremont, baronne de Haussy, jurez-vous, devant Dieu tout-puissant et devant les hommes, de prendre pour époux le Commodore ici présent, de lui obéir et de l'aimer jusqu'à ce que la mort vous sépare ?

Le pirate broya les doigts délicats de la jeune fille. Mais la plainte d'Olympe fut couverte d'un cri :

– Navire en vue ! Pavillon noir !

L'abordage

D'un seul bond, bousculant Olympe et le curé, le Commodore arracha au Cramé sa lunette d'approche. Dans le cercle de la lentille de verre, un bâtiment fendait les flots, capsur lui, toutes voiles dehors.

– Deux mâts, voiles carrées, grand-voile à corne, c'est un brigantin. Par la queue du moine, d'où qu'y sort ? tempêta-t-il. L'a dû longer la côte… La vigie ! Tu vois sa marque ?

– Pas encore ! cria l'homme grimpé au mât d'artimon. Mais c'est un frère de la côte, pour de sûr. P'têt le capitaine Fuet ou François l'Ollonois…

– Fariboles ! Bosco, quand la vigie descendra, tu m'rappelleras d'lui arracher la langue. Pour cette barcasse, on va la laisser venir et s'tenir prêts à lui griller le lard… N'a-qu'un-œil, des boulets à chaînes aux pièces d'avant.

Constituées de boules de fer reliées par des maillons métalliques, ces munitions saccageraient promptement la mâture de l'ennemi, détruiraient ses vergues et déchireraient ses voiles. N'a-qu'un-œil et ses assistants canonniers partirent aussitôt en courant, qui à régler la hausse de l'affût des canons, qui vers la soute aux boulets, qui vers la réserve de poudre.

Sur la dunette de *La Providence*, on se disputait les longues vues. Raphaël était sur les charbons ardents. C'était son idée de hisser un drapeau pirate afin d'approcher au plus près *La Gorgone*. Nagîna avait sacrifié son grand voile noir pour y peindre un crâne et deux tibias à la chaux blanche. Tandis que ce pavillon montait dans le gréement, la jeune femme coiffait un foulard sur son masque, enfilait un pantalon court de matelot et concédait à Agathe que c'était là une vêture pratique et confortable.

Le capitaine Navarre, pour sa part, se montrait réticent à l'usage d'un faux drapeau.

– Laissez-moi faire charger les canons à la mitraille, ainsi nous les arroserons d'une pluie de ferraille brûlante qui…

Mais à cet instant, Pons distingua une silhouette évanescente sur le pont de *La Gorgone*.

– Olympe ! Je vois Olympe !

Nagîna, qui avait une lunette en main, le confirma tandis qu'Agathe trépignait à ses côtés.

– Que fait-elle ? Vois-tu Sylvine ? Le Commodore ?

– Non… Si ! Je crois que Sylvine est à l'avant. Mais je ne vois pas Juba… Le Commodore serait cet épouvantail bariolé ? Tout l'équipage est sur le pont, ils semblent procéder au mariage.

Pons tressaillit.

– Ne pouvons-nous forcer l'allure ?

– Y faut pas, intervint Raphaël. À la moindre alerte, ils tirent dans le tas et *La Gorgone* est bien armée. Not'*Providence* peut pas encaisser quinze boulets de douze livres et continuer à flotter.

– Raphaël a raison, appuya Agathe. On s'approche tant qu'on peut, au dernier moment, on vire, on tire, et à l'assaut !

Pons observa une nouvelle fois Agathe, puis Raphaël, avec circonspection. Cette agaçante rebelle d'un courage sans failles et ce pêcheur sorti du néant du peuple pour se révéler un combattant des mers inspiré le désarçonnaient. Son sens militaire de l'urgence prit toutefois le dessus et il leur accorda sa confiance.

– Capitaine Navarre, faites réduire l'allure. Nous ferons mine d'arriver en amis.

Bientôt les huniers furent cargués et le brigantin ne vogua plus que sous sa grand-voile triangulaire. L'équipage reçut pour consigne de saluer les flibustiers avec cordialité. À bâbord quelques hommes grimpèrent dans les haubans, agitèrent leurs bonnets et lancèrent des vivats. À tribord, les servants de batterie étaient à leur poste, boutefeu à la main, sabords levés, les dix canons chargés à boulets pleins. Les Dragons, mousquets prêts à tirer, étaient accroupis sur le gaillard et recouverts de vieilles toiles, tels des sacs de blé bien rangés.

La Providence grignota pouce à pouce l'espace entre les deux navires.

Ils étaient si près maintenant que, d'un bord à l'autre, on distinguait les visages à l'œil nu. Agathe aperçut brièvement les silhouettes de ses amies qu'on faisait disparaître sous la dunette. La nervosité sur *La Gorgone* était palpable.

– Des bras à la grand-voile, indiqua Raphaël. Feignez d'abattre et hissez les huniers.

Dès que ses hautes voiles furent au vent, le brigantin piqua droit sur *La Gorgone*.

Les canonniers pirates hésitèrent à pilonner l'arrivant, supposant une fausse manœuvre. Le Commodore comprit le premier et hurla :

– Feu ! Feu à volonté !

Aussitôt, quinze gueules noires vomirent un flot de fumée et de fer sur *La Providence*. Par chance, le brigantin présentait sa proue à la frégate. La plupart des boulets à chaînes frôlèrent ses flancs et coulèrent. Ceux qui touchèrent leur cible firent des dégâts considérables. Virevoltant dans les vergues, ils déchiquetèrent les huniers, rompirent les haubans et le tiers supérieur du grand mât cassa net. Il s'abattit dans un craquement sinistre, à l'instant même où Raphaël faisait virer de bord.

La Providence eut juste assez d'élan pour pivoter et présenter son flanc tribord à l'ennemi. La tête de son mât brisé s'enferra dans les haubans de *La Gorgone* et les deux vaisseaux furent inextricablement liés.

– Feu ! ordonna Raphaël.

– À l'abordage ! commanda Pons.

Plus rien n'exista alors que le tumulte et la fureur. Les canons du brigantin frappèrent *La Gorgon*e à bout portant tandis que volaient les premiers grappins. Une vague de pirates sauta sur le pont de *La Providence* en contrebas. Elle fut balayée par une mousquetade fournie. Les cadavres empilés servirent de marchepieds aux soldats qui contre-attaquèrent, baïonnette au canon. Face à la furia sauvage des flibustiers, Pons, sabre au clair, menait avec discipline ses Dragons qui trucidaient en hommes de l'art.

Dès l'abordage, Agathe et Nagîna avaient profité du chaos et des épaisses fumées de la canonnade pour se hisser sur *La Gorgone*. Elles se faufilèrent vers la dunette. Tous les forbans se ruaient aveuglément à l'assaut. Seul un garde les attendait devant la cabine du Commodore, armé d'un pistolet. Il posait son index sur la gâchette lorsqu'il fut frappé de plein fouet par un cerclage de baril.

Car un des boulets de *La Providence* avait réduit en miettes la soute d'eau douce, mais épargné, par miracle, son prisonnier. Juba mit genou à terre, porta la main à son cœur et salua gravement. Nagîna posa un baiser rapide sur son front cousu de cicatrices, puis le releva et lui désigna la porte de la cabine. En une poussée d'épaule, celle-ci fut ouverte. Derrière le bureau renversé Olympe et Sylvine se tenaient en garde, armées d'une paire de chandeliers d'argent. Elles s'étreignirent toutes les quatre, avec force, sans un mot, sans une larme. Au-dessus de leurs têtes roulaient les échos du massacre.

Nagîna retrouva sa voix pour demander :

– Le mariage ?

– Un léger contretemps l'a interrompu… *in extremis*, répondit Olympe les yeux brillants. Mais, Agathe, ce misérable a pris mon poignard !

– Voici la rapière du garde, mais ça ne fait qu'une arme pour vous deux.

– Prenez-la, mademoiselle Olympe, assura Sylvine, j'trouverai bien un outil à ma main.

– L'heure de régler nos comptes a enfin sonné, conclut Nagîna.

Elles acquiescèrent d'un même mouvement et se mirent en marche.

Les forces de la Royale avaient envahi *La Gorgone*, mais les pirates défendaient leur territoire avec rage. Partout des corps gisaient inanimés, le pont était couvert de sang et de tripes, d'espars fracassés, de cordages emmêlés. Elles aperçurent le Commodore, un coutelas dans une main, une épée dans l'autre, engagé dans un corps à corps furieux avec un grand Dragon. Le pirate se plia soudain, comme atteint au flanc. Le soldat prit son élan pour l'achever. Erreur fatale. Le rusé forban se releva à demi et d'un cercle du bras, décapita le Dragon. La tête vola dans une arabesque vermillon et le grand corps en uniforme bascula à la mer.

Quand le Commodore se retourna, un rire sanguinaire aux lèvres, quatre femmes le cernaient.

Le combat

Une haine intense se peignit sur le visage du Commodore.

– Saletés de fumelles ! Vous êtes toutes de mèche !

– Nous venons vous faire payer vos dettes.

Le pirate esquissa un mouvement dédaigneux. Aussitôt une épée, une rapière, un poignard courbe et une broche luisante de graisse jaillirent sous son nez. Armé d'une pique, le Noir surveillait les arrières des quatre femmes. Point de salut à attendre de ce côté-là.

– Pour moi, vot'dette est de sang, commença Sylvine, la voix rauque. Le sang de mon mari, Mathurin La Violette, et d'mes enfants, Marguerite, Gabriel, Perrine, Étiennette et Joachim. Six innocents assassinés sur l'bord du Saint-Laurent.

Le Commodore fronça les sourcils.

– Pas souvenance, grommela-t-il.

– Pour moi, votre dette est d'honneur, poursuivit Agathe, vibrante de fureur contenue. Cet hiver, vous et vos sbires avez lâchement attaqué mon père, le maître d'escrime Armand La Boissière, et l'avez laissé pour mort dans les rues de La Rochelle.

– Ah celui-là, j'm'en rappelle ! se réjouit l'infâme. Y nous a donné du fil à retordre, le vieux bouc !

– Pour moi, votre dette est d'amour, accusa à son tour Olympe d'une voix qui ne tremblait pas. Vous m'avez emprisonnée, terrorisée. Par votre faute, j'ai perdu l'unique amour de ma vie.

– Bah ! fit le pirate. Des histoires de bonnes femmes tout ça !

– Pour moi, votre dette est d'argent, dit enfin Nagîna, posément. Vous paierez pour m'avoir arrachée à ma famille, pour le vol de ma Larme de Lune et, surtout, pour ça…

Nagîna, arrachant masque et foulard, découvrit son visage.

– Toi ! Figure-toi que j'me suis demandé si j'avais pas ripé ! J'ai presque douté pour le coup d'la perle… Mais elle est au chaud dans mon coffre et c'est pas une palanquée de donzelles piaillantes qui…

– Fente! cria Agathe.

Quatre lames sifflèrent.

Le poignard trancha son pourpoint.

La rapière piqua son bas de soie.

La broche larda sa chausse.

L'épée perça sa jaquette.

Incrédule, le Commodore vit quatre étoiles de sang consteller son habit de noces. Ivre de rage, il se rua à l'assaut. Agathe rompit son élan féroce, mais de justesse. Il chargeait à nouveau quand un cri vola, d'un bout à l'autre de *La Gorgone*.

– Monsieur de Roquelaure, la Royale à l'horizon !

Ni Nagîna, ni Agathe, ni Sylvine n'eurent un battement de cil. Mais au nom de son bien-aimé, Olympe lança un regard alentour. Avec un bond de carnassier, le Commodore l'empoigna à la gorge et s'en fit un bouclier vivant.

– Reculez !

Elles avancèrent.

– Reculez ou j'l'égorge !

Elles obéirent. Le Commodore s'empara d'une drisse et sans lâcher sa proie, sauta sur le pavois. Il aperçut les hautes voilures du *Soleil* et de son escadre, tenta une ultime échappée.

– À déraper les ancres !

Une poignée de forbans se précipita sur les bras du cabestan et s'arc-bouta pour arracher l'ancre d'une demitonne au fond vaseux. Peine perdue. Les rangs des pirates se clairsemaient, certains luttaient avec acharnement quand d'autres fuyaient déjà dans des esquifs. Le Commodore risqua le tout pour le tout.

– Coupez les câbles !

Ses hommes s'élancèrent avec des sabres et des haches pour trancher les haussières d'ancre, épaisses comme des troncs.

Les assaillantes profitaient de chaque seconde d'inattention pour s'approcher, plus près, encore plus près. Mais dans le poing serré du pirate, Olympe perdait vie. Ses ongles labouraient en vain l'étau coriace qui l'étranglait. Elle battit l'air, referma ses doigts sur un éclat de bois arraché au bastingage. Consumant sa dernière étincelle d'énergie, elle le planta, tel un poignard, au flanc du Commodore.

Celui-ci feula, se cambra violemment, autant de douleur que de surprise. C'est alors que céda un de ses beaux talons rouges.

Déséquilibré, alourdi par le poids d'Olympe, le Commodore vacilla, tangua et bascula à la renverse.

Six mains avides s'accrochèrent aux jambes, aux vêtements, aux cheveux d'Olympe. Arrachée au vide, la jeune fille roula à nouveau sur le pont, haletante. Elles se précipitèrent au bastingage.

Le Commodore était tombé entre *La Gorgone* et *La Providence* et surnageait tant bien que mal, braillant et crachant. Sa jaquette fleurie flottait autour de lui, incongrue. Il leur parut minuscule entre les coques immenses. Soudain, sous les yeux écarquillés des quatre femmes, un coup de roulis rapprocha les vaisseaux. La tête du pirate éclata comme une fève dans un casse-noix, avec un craquement sec. Un jet rosâtre et mousseux fusa jusqu'à elles, dégoulina sur le bordé.

– Tant de cervelle dans un si piètre crâne, murmura Nagîna, le nez froncé.

– Dieu ait pitié de son âme, souffla Olympe.

– Qu'elle aille au diable ! protesta Agathe.

– Les crabes l'auront bouffé avant qu'il arrive en enfer, gloussa Sylvine.

Elles savouraient l'instant, échangeant des impertinences et des embrassades ponctuées d'éclats de rire, quand une voix mâle résonna.

– Olympe ? Ma tendre amie…

– Fouchtra, c'est vrai ! fit Agathe. On oubliait Pons !

Le jeune officier apparut, auréolé de victoire, les joues noircies, l'uniforme maculé du sang de l'ennemi. Il s'élança vers Olympe qui vola à sa rencontre. Dans les volutes de fumée, tous deux se fondirent en un tourbillon blond et bleu, un instant d'éternité.

Les noces

Le temps que la royale armada parvienne sur le champ de bataille, tout était fini. Les derniers forbans s'étaient rendus aux Dragons, mains jointes au ciel pour demander grâce, ou s'étaient jetés à la mer dans l'espoir de fuir à la nage. Agathe, Nagîna et Juba s'étaient employés à soigner les blessés des deux bords et à faire ensevelir les morts. Sylvine avait même déniché le curé caché dans un rouleau d'amarres, et l'avait obligé, broche à l'appui, à distribuer des extrêmes-onctions et des *requiem* à la ronde. Raphaël, lui, ne s'inquiétait que des navires. Il n'avait eu de cesse de protéger *La Providence* pendant le combat, puis s'était démené pour maintenir *La Gorgone* à flot. Il avait fait rétablir les ancres, dégager les ponts, obturer les voies d'eau par le charpentier du brigantin.

Quand au soir tombant, l'amiral posa le pied sur le pont de la frégate conquise, il y régnait autant d'ordre que possible. Monsieur de Villedieu s'empressa de présenter ses hommages à la noble captive.

– Baronne, vous me voyez bien aise de vous voir saine et sauve. Croyez que vous fîtes l'objet, en ces temps difficiles, de mes plus ardentes préoccupations !

Olympe accueillit ses paroles fort gracieusement, le remercia d'un sourire adorable et d'une révérence. L'amiral parut charmé. Il considéra *La Gorgone* d'un air bienveillant et déclara :

– Au nom du Roy, je prends possession de ce navire, dorénavant propriété de la Couronne, et le donne en garde à ceux qui l'ont conquis.

Il se tourna vers Pons.

– Monsieur de Roquelaure, prenez votre commandement.

Le capitaine des Dragons se figea dans un impeccable garde-à-vous.

– Je suis infiniment reconnaissant à Sa Majesté de cette largesse, toutefois, si j'osais...

– Osez, mon ami, osez, soupira l'amiral.

– La mer n'est point mon terrain favori. Un tel bâtiment apporterait davantage à Sa Majesté sous les ordres du sieur Charlopeau, dont les mérites ont largement contribué à la fin heureuse de cette expédition.

L'amiral de Villedieu haussa un sourcil.

– Vraiment ? Eh bien, qu'il s'avance.

Raphaël traversa les rangs des enseignes de vaisseaux et

des officiers aux uniformes chamarrés, et se présenta, couvert de suie, de sueur et de sang, devant l'amiral en grand habit d'apparat.

– Rappelez-moi votre état, jeune homme.

– Charlopeau Raphaël, patron du cotre *La Sarcelle*, de La Rochelle.

Un murmure railleur courut parmi les officiers. L'amiral les fit taire d'un ton sec.

– Par les pouvoirs que me confère Sa Majesté, Louis de France, je vous élève au rang de capitaine de la Marine royale. Monsieur Charlopeau, prenez votre commandement.

– Bien, Monsieur. Merci, Monsieur, furent les seules paroles que Raphaël parvint à prononcer, mais personne cette fois ne se risqua à rire.

L'amiral, mi-figue, mi-raisin, taquina Pons.

– Ainsi donc, mon cher comte, vous faites fi des honneurs et ne souhaitez rien pour vous-même ?

– Amiral, il est certes une faveur qui comblerait mes plus chers désirs.

– Dites…

– Accordez-moi, sur l'heure, en votre nom, en celui du Roy, la main de la baronne d'Avremont de Haussy.

La moustache frétillante, l'amiral de Villedieu s'enquit de l'opinion d'Olympe.

– Ah, Monsieur, mon âme tout entière n'aspire qu'à cette union !

– Alors, soit ! Qu'on apporte de la lumière et nous officierons !

Ce fut un nouveau branle-bas de combat pour confectionner des flambeaux, retrouver les objets de culte qui avaient été éparpillés et quelque peu piétinés, mais cette fois, la cérémonie fut parfaite. Même le curé afficha un air de charité chrétienne et mâchonna pieusement ses bénédictions. À la lueur des torches, sous le regard amoureux de Pons, Olympe rayonnait comme une étoile tombée des cieux.

Dans l'ombre, au bras de Nagîna, Sylvine s'essuyait les paupières d'un coin de tablier. Tandis que matelots et soldats rassemblés sur le pont entonnaient un *Te Deum,* Agathe se glissa derrière Raphaël et lui pinça une fesse.

– Te voilà bien fiérot, joli capitaine ! chuchota-t-elle.

– Agathe ! Tu ne… Je ne…

– Mais si ! affirma Agathe, lui fermant la bouche d'un baiser gourmand que la dizaine d'officiers alentour dut s'escrimer à ignorer.

Le grand large

Le 24 juillet 1684, un messager arriva au grand galop à Versailles, chargé d'une lettre destinée au Roi-Soleil, signée de l'amiral de Villedieu et relatant la déroute du Commodore. Elle se concluait en ces termes :

« ... Ainsi, secondé par le comte de Roquelaure, monsieur de Villedieu mit fin hardiment à la rébellion et à la désobéissance du forban. Il saisit la frégate *La Gorgone* et fit comme de juste rendre grâce à Dieu, et au Roy pour lequel tout homme de bien doit combattre et exposer sa vie et ses biens.

Le dit bâtiment ayant encouru moult dommages de guerre, il fut radoubé en l'arsenal royal de Rochefort. Baptisée *La Vengeance*, cette frégate se joint au convoi de monsieur René de La Salle, en partance pour la province de Louisiane, aux Amériques.

Le retour de monsieur de Villedieu à La Rochelle fut accueilli avec moult fanfares de trompettes et de clairons, canonnades et mousquetades, louanges et acclamations. Les citadins de la ville ne peuvent se lasser de bénir monsieur de Villedieu, de lui souhaiter prospérité et grandeur pour avoir si dignement servi le Roy et sa patrie, prémices très certaines à de plus hautes entreprises, s'il plaît à Sa Majesté de lui donner les moyens de la servir et d'employer son courage. »

Le même jour, sous l'autorité vigilante de Raphaël, par bonne brise d'est et escortée d'un vol de sternes, *La Vengeance* laissait dans son sillage la Pointe des Baleines et les côtes de France. Le grand océan, vert et piqueté d'or, s'ouvrait devant elle.

Aux côtés de la frégate, quatre autres vaisseaux faisaient route, lourdement chargés de trois cents colons et de leurs biens. Pons et Agathe les observaient depuis la dunette.

– C'est fort aimable de la part du gouverneur de La Salle de nous accepter dans son expédition, commenta Pons.

Agathe fit la moue.

– Il a surtout besoin de bras, d'armes et de sang français… Mais quelle exaltante aventure, partir ainsi à la conquête de contrées vierges !

Sylvine, qui arrivait les bras chargés d'une collation et d'une couverture de laine, se renfrogna.

– Vierges, mon œil ! C'est encore tout farci d'Indiens

mal embouchés, d'bêtes qui piquent et qui mordent, sans parler des maladies ! Si c'était que d'moi, on dépenserait les lingots du Commodore en beaux arpents de vigne et de terres à froment, au lieu d'aller s'ruiner chez les sauvages. Pas vrai, M'sieur La Boissière ?

Celui-ci acquiesça d'un geste amical. Sylvine lui borda la couverture autour des jambes et lui mit dans la main un bol de bouillon de bœuf. Grâce à ses petits plats et aux médecines de Nagîna, le vieil homme recouvrait rapidement vigueur et goût à la vie. Chaque jour, il assistait, calé dans un fauteuil rembourré, aux leçons d'escrime données par sa fille. Son œil bleu ne brillait plus que de fierté.

Pour l'heure, on attendait justement Olympe. Elle arriva sans plastron ni fleuret, mais rose et effervescente, au bras de Nagîna.

– Agathe, je crains que nous ne devions remettre ces leçons…

– Allons donc ! Vos progrès sont fort encourageants ! La Louisiane a besoin de femmes entreprenantes, capables, et…

– Nous les reprendrons… d'ici quelques mois…

– Quelques mois ?

Mais d'autres avaient déjà compris.

Pons vint enlacer sa femme, lui murmurer son bonheur à l'oreille. Sylvine versa des pleurs de joie à la pensée d'un bébé à bercer.

Agathe se détourna et s'accouda au pavois, les lèvres pincées.

– Voilà un nouvel élève qui s'annonce ! N'es-tu pas heureuse ? demanda Nagîna.

Elle vit blanchir les doigts d'Agathe, crispés sur le bois.

– Un enfant à naître ne signifie pas forcément qu'une femme mourra… Nous serons là pour y veiller, ajouta Nagîna.

Silencieuse, elle resta aux côtés d'Agathe qui, lentement, laissa couler ses chagrins d'autrefois dans les profondeurs de l'océan.

Olympe vint troubler leur recueillement, la mine malicieuse.

– Allons-nous perdre notre temps durant cette longue traversée ? La Louisiane a besoin de femmes entreprenantes et capables, n'est-ce pas ?

– Eh bien… heu… oui… Certainement…

– Chère Agathe, j'espérais tant cette réponse ! Aussi ai-je préparé pour vous quelques leçons d'écriture, de lecture, ainsi qu'un peu d'arithmétique.

– J'y ajouterai poésie, astronomie et botanique, annonça Nagîna.

– Et moi, la broderie et la pâtisserie, assura Sylvine, hilare.

– Ventre-saint-gris ! Mais c'est un piège ! Une infamie !

Olympe l'attira doucement vers une écritoire où reposaient une plume, son encre et un ouvrage relié de cuir. Elle ouvrit le livre :

– Voici une pièce de monsieur Molière intitulée *L'École des femmes*, je suis certaine qu'elle vous plaira… Écoutez seulement :

« Chose étrange d'aimer, et que pour ces traîtresses
Les hommes soient sujets à de telles faiblesses !
Tout le monde connaît leur imperfection :
Ce n'est qu'extravagance et qu'indiscrétion ;
Leur esprit est méchant, et leur âme fragile ;
Il n'est rien de plus faible et de plus imbécile,
Rien de plus infidèle ; et, malgré tout cela,
Dans le monde on fait tout pour ces animaux-là. »

L'éclat de rire d'Agathe ricocha sur la dunette, éparpilla les sternes dans les vergues et les emporta tous vers de fabuleux rivages inexplorés.

Remerciements

J'adresse un très grand merci à mon oncle Arnaud, pour avoir été mon maître d'escrime le temps d'un week-end, et à mon neveu Pierre pour ses observations pointues en la matière.

J'espère que saint Nicolas, patron des pêcheurs, me pardonnera dans sa grande mansuétude d'avoir quelque peu réaménagé à ma convenance sa tour de La Rochelle.

J'ai bien sûr puisé inspiration et informations dans toutes sortes d'ouvrages et de sites Internet, et notamment :

Le *Discours véritable du combat naval et de la desroute des capitaines Blanquet, Gaillard, et autres pirates et rebelles au Roy, faicte par Monsieur de Barrault, le dernier juin mil six cent dix-sept*, Éditions des Quatre Seigneurs, 1978.

Clélie, une histoire romaine, de Madame de Scudéry, 1654.

Le XVIIe siècle, Lagarde et Michard, Éditions Bordas, 1963.

L'École des femmes, acte V, scène 4, Molière, 1662.

Les guides Gallimard *Aunis* et *Saintonge* sur la Charente-Maritime.

L'*Encyclopédie* de Diderot et d'Alembert, 1762-1772, réédition Hachette 1985.

Jean Bart et la guerre de course, Éditions Julliard, 1965.

Les Pirates, collection « Tout un monde », Éditions Nathan, 1997.

Les Colons de l'Aunis et de la Saintonge au Canada, association France-Canada-Brouage, 1985.

L'Herbier voyageur, Éditions Plume de Carotte, 2004.

Les Grands Voiliers, Éditions Elsevier Séquoia, 1976.

Histoire du voilier, Éditions Albin Michel, 1969.

Capitaine Hornblower, C. S. Forester, Éditions Omnibus, 2004.

Voyage vers les Pyrénées, Victor Hugo, 1843.

Le site Internet du musée de la Civilisation, au Québec, sur l'histoire des filles du roi.

Je souhaite rendre un hommage particulier au travail des passionnés qui, aujourd'hui, à Rochefort, reconstruisent à l'identique la frégate *Hermione*, sortie de ce même arsenal en 1780 (www.hermione.com). Cette *Hermione* traversa l'Atlantique avec à son bord le général La Fayette. Il apportait alors l'appui de la France aux Américains en lutte contre les Anglais pour obtenir leur indépendance. La première *Hermione* coula en 1793, la seconde *Hermione* prendra la mer en 2000… et des poussières. Depuis 1997, je suis avec émerveillement ce chantier titanesque qui fait renaître une civilisation presque oubliée, celle des grands voiliers.

Table

Mesdemoiselles de la Vengeance

Florence Thinard est née en 1962, à Royan, un petit port de l'Atlantique. Elle passe sa jeunesse au bord de l'eau, plongée dans des histoires de cavalcades, de cape et d'épée, d'aventures au long cours. Plus tard elle découvre le monde contemporain, obtient un diplôme de l'Institut d'Études politiques de Paris et devient journaliste, puis rédactrice en chef de l'hebdomadaire *Les Clés de l'actualité Junior* chez Milan Presse. Elle édite de nombreux documentaires comme *Les Clés de l'info*, chez Gallimard Jeunesse, et *Les 1000 mots de l'info*, qui reçoit en 2003 le prix de la Presse Jeunesse. Elle a également cosigné *Mondes Rebelles Junior*, chez Michalon, récompensé du prix Sorcières en 2002. Son premier roman, *Une Gauloise dans le garage à vélos* (Le Rouergue, 2003), obtient le prix des Incorruptibles. Elle publie ensuite *Un boulot d'enfer* (Thierry Magnier, 2005, prix L'Été du Livre) et *Entre chien et Lou* (Le Rouergue, 2006, prix Tatoulu). Elle retrouve, avec *Mesdemoiselles de La Vengeance*, l'univers romanesque palpitant de son enfance.

Loi n° 49-956
du 16 juillet 1949
sur les publications
destinées à la jeunesse
PAO : Françoise Pham
Dépôt légal : janvier 2009
N° d'édition : 161821
ISBN 978-2-07-062240-5
Imprimé en Italie
par Grafica Veneta